魔豆

魔豆

請解開故事謎底

MURDEREROFUS

02

雷雷夥伴
著

請解開故事

謎底

MURDEREROFUS

02

CONTENTS

姓名：封蕭生
性別：男
身高：目測176以上
問題1：性格與室友極相似，
但容貌、身高和體格差異大
問題2：猜測他可能認識室友

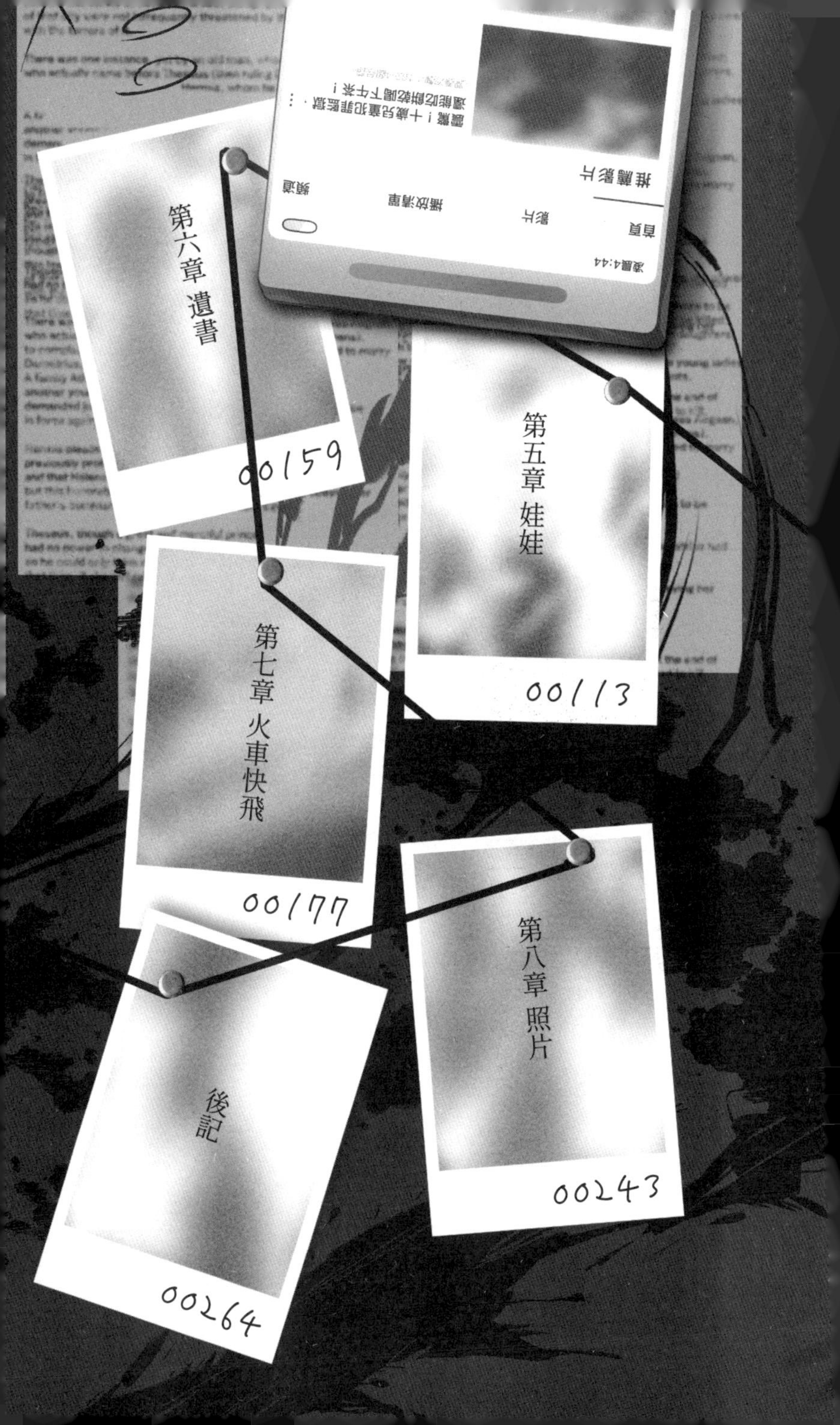
首頁
影片
播放清單
頻道
推薦影片
第五章 娃娃 00113
第六章 遺書 00159
第七章 火車快飛 00177
第八章 照片 00243
後記 00264

00 楔子

「然然，生日快樂。」

莊天然經常夢見發光的模糊人影，用著充滿雜訊的笑聲，溫柔地對他說，生日快樂。

十歲，他和室友許願，長大後要一起成為醫生，讓大家都不會再生病。

十五歲，他和室友許願，大考順利，畢業旅行要一起去迪士尼。

二十歲，他許願，特考順利，希望能從案件中找到失蹤的室友。

他無所不能的室友，在二十歲的某天，突然失蹤了。

從那之後莊天然每天看新聞，手機不離身，放棄原先志向，當上了警察，然後在二十三歲的某天，意外闖入一個無法逃離的懸案世界，遇見一個人，叫封蕭生。

封蕭生給他帶來前所未有的熟悉感，對方和室友一樣睿智，一樣從容優雅，一樣對他百般照顧。

自從知道這個世界會刻意刪除人們對於案件相關人的記憶後，一切就像在告訴莊天然，封蕭生就是他的室友。

但，莊天然知道他不是。

莊天然對於室友的記憶模糊，卻有一幕特別印象深刻。

室友喜歡看海，因爲在莊天然記憶中常見的幾幕畫面，他們都是在海邊，雖然幾乎無法看清室友的模樣，但唯獨有一幕，莊天然看見了室友的輪廓。

室友躺在沙灘上仰望星空，薄弱的月光隱約照亮他的身影，身長一百七十公分左右，體態微胖，與封蕭生截然不同。

所以，經過前一關的相處，他能夠信賴和室友有相同特質的封蕭生，但必須保持距離。

因爲，封蕭生很有可能，是室友失蹤案件的相關人。

01 壽星

「你吹熄了，輪到你當壽星。」

四周一片死寂，六雙異於常人的黑色眼瞳盯著莊天然，彷彿他只要說錯任何一句話，這些怪物就會剝開人類的外皮，將他撕碎。

壽星？什麼意思？

莊天然額前落下一滴汗，他不由自主眨了下眼睛，汗水眨落在地。

他們無視莊天然的僵硬，自顧自地討論道：「你們記得上一個壽星小Y嗎？他本來超無聊的，班上的人都討厭他，直到他當上壽星爲止。他辦的遊戲超有趣，死了好多人呢，所有人都很開心！」

「對啊，後來只要哪裡有遊戲他就一定會出現，不管距離多遠，不管多少時間，就算跑斷雙腳，他都一定會出現。」

他們話鋒一轉，開始嬉笑：「不過嘛，久了還是覺得他有點煩，果然討厭的人就是討厭。」

其中一個人看著莊天然，朝他露出莫名的笑容，「我們快點開始遊戲吧，不然，等下小Y就要過來了。」

莊天然寒毛直豎，那位「小Y」難道就是這個關卡的BOSS？照冰棍們的說詞，只要「他」出現，就一定有人會死。從他們話裡的意思推斷，這個關卡的時限，大概就是在「小Y」來之前必須破解遊戲。

但是，遊戲內容是什麼？壽星又代表什麼？

這時，其中一名女生說：「你是第一次當壽星，我只示範一次，你要聽好了，失敗的壽星就再也不能吹蠟燭喔。」

不待莊天然回覆，女生對著所有人笑道：「大家好，我是這一場的代理壽星，大家都知道，壽星必須主導遊戲，逗大家開心。」

「現在開始遊戲，抓內鬼。」

KTV前方的大螢幕閃爍，切換成包廂內的監視器，畫面映出莊天然站在正中間，其他人在他左右排成一列，每個人頭上有向左的箭頭。

「現在，每個人口袋有一張撲克牌，只有其中一個人和所有人不一樣，他就是內鬼。」

莊天然摸了摸自己的口袋，不知何時多出了一張牌。

他將撲克牌掏出一角，瞥了一眼，是一張黑桃A。

「現在，從右邊開始，每個人依序對旁邊的人說一句話，暗示自己手上的牌。最後，所有人票選誰是內鬼，被指出的內鬼要當場接受懲罰。」

莊天然陷入沉思，他不確定自己是不是內鬼，如果暗示得太明顯，可能馬上就會被發現，如果暗示不夠明顯，可能會被懷疑。但撲克牌可以暗示的範圍只有花色、顏色和數字，應該要說出哪個部分比較不具針對性？

如果被投票成內鬼，不管是不是都會被懲罰，而這所謂的「懲罰」，肯定沒有好下場，從一開始他們的話就表明了——「死了很多人呢，所有人都玩得很開心」，必須要有人死，他們才會開心。

第一個人開始暗示，音量小得聽不見，第二個人露出會意的笑容，轉頭對第三個人說悄悄話，莊天然是第四個，眼看即將輪到他，他正思索著該如何說，忽然想到一個辦法——

如果跟前一人說一樣的話，是不是至少可以保證和對方相同？即使前面那人是內鬼，也還有二選一的機會。

再者，如果所有人都是這麼想，第二個人照著第一個人的話說，第三個人照著第二個人的話說……那麼自己說出不同的形容詞，等於當場出局。

所以，唯一的解法，就是和前一個人說一模一樣的話。

第三個人湊到莊天然耳邊，即使莊天然心有定數，但當冰冷的寒意靠近他的右耳時，依舊讓他緊張得繃緊神經，直到身旁的人在他耳邊吐出一句話：「&*%#^」。

嗓音模糊而沙啞，一開始莊天然沒聽清楚，下意識看向旁邊的人，那人朝他咧開嘴角，漫無焦距的瞳孔像是看透一切，再次重複：「&*%#^」。

是一連串詭異且毫無次序的話，像是麥克風的雜訊。

無論如何，人類都不可能發出這樣的聲音。

莊天然頓時寒意直湧。

所有冰棍無聲地看著莊天然，他們都在等他開口。

只要說錯一次就是必死無疑。

莊天然張口，卻不知從何說。

既然是關卡，不可能沒有解法，該怎麼說才對？

KTV的螢幕上出現一行字：「距離包廂時間還有00:19秒」，時間正在不斷倒數，00:18秒、00:17秒、00:16秒……剩下15秒！

然而，就在這時，所有冰棍竟然放下了撲克牌，把牌亮在莊天然面前——就像要給他一條活路。

刻不容緩，莊天然立刻低頭看他們手上的牌，臉色霎時一白。

他們手上的牌，竟然都是黑桃A。

怎麼回事？爲什麼所有的牌都一樣？不是有內鬼……

冰棍們咧開陰惻惻的笑容，彷彿早已篤定他就是內鬼，等著最後倒數十秒將他撕碎。

這一刻，莊天然終於意識到，規則裡說的：「現在，每個人口袋有一張撲克牌，只有其中一個人和所有人不一樣，他就是內鬼。」

那句「只有其中一個人和所有人不一樣」，並不是指撲克牌不一樣，而是只有他一個是活人。

抓內鬼這個遊戲，其實是冰棍在找藏在他們之中的唯一一個人類。

時間倒數最後五秒，五、四、三、二……

「喀噠。」

包廂廁所門忽然開了，門內走出一名男子，身高不高，氣場倒不小，穿著西裝外套和灰色襯衫，叼著菸，低頭甩著手裡的水，「小Linda、小Amy，我聽妳們的話在廁所抽菸了，應該不臭了吧？來，親一下……咦？人呢？」

男子抬頭，看見莊天然和周圍的一群人時，露出一瞬困惑，但很快變成了然的笑：「怎麼換成學生妹了？媽媽桑又自作主張了啊。」

男子走向他們，莊天然來不及阻止，他已經一手攬上其中一個女生，很快被她異常冰冷的體溫凍得彈開手，「哎唷！」

接著，男子竟然毫無察覺異樣，脫下衣服蓋在她身上，「妳的身體怎麼這麼冰？來，李哥給妳溫暖，穿上。」

莊天然啞口無語，同時懂了，這個李哥是上一秒才剛進入這個世界的新手，他並不知道自己已經不在現實世界。

他原本應該是在KTV唱歌，因女伴的要求而進入廁所抽菸，沒想到抽完菸，開門回到包廂，便進入這個世界。

進入這個世界的條件有三個：「深夜、空無一人的地方、開門。」他正好都達成了。

莊天然不知道該怎麼向男子解釋，男子還渾然不知地吞雲吐霧。

女學生突然說道：「有兩個內鬼，這局遊戲就不成立了啊。」

男子吐出一口煙，漫不經心地道：「啊？什麼內鬼？」

女學生置若罔聞，像個機器人似地，轉頭對其他人說道：「真無趣，包廂時間結束了，下次再玩吧。」

平板的語氣就像是在背台詞。

接著他們便離開包廂，李哥追了出去，打開門，門外卻不見半個人影。

「奇怪，怎麼跑那麼快？我買的十節還沒結束啊。」李哥喃喃自語道。

莊天然也沒料到會這樣結束，李哥的出現正好干預了關卡。莊天然細想，應該是因爲李哥吐出的煙。吐煙和吹熄蠟燭都代表著「有氣」，「有氣」的人就是他們要抓的內鬼。

在抓內鬼這個遊戲，規則一開始就說明了只有一個內鬼，所以李哥的出現，讓遊戲無法成立。

莊天然和李哥大眼瞪小眼，莊天然本就不是能言善道的人，再加上這個世界問題太多，一時半會說不清。

李哥挑眉，「你看什麼看？服務生嗎？」

李哥方才的注意力都集中在學生妹身上，這才第一次正眼瞧莊天然，他由上而下掃視一遍，目光忽然停在莊天然外套裡的制服，「靠，你警察啊？來掃黃？」

莊天然：「……」

這時，不遠處傳來微弱的哭聲。

「嗚……嗚……」彷彿被手緊緊摀住的聲音，不仔細聽便會忽略。

莊天然立刻離開包廂，發現走廊上總共有十扇門，左右各五間包廂，靠近走廊底端的第二扇門微微開啓，裡頭爬出一隻手。

接著是一顆頭，淚水縱橫的臉上寫滿了絕望，「嗚……嗚……」

女子拚命地想從包廂裡爬出來，哭著伸手求救，卻喊不出聲音。

隨著女子抬頭，莊天然才看見她的嘴巴被無數針線給縫住。

所以即使她拚命求救，也喊不出任何字句。

女子身後站著一群人，隱沒在漆黑的包廂中，只有白色制服醒目得刺眼，他們齊聲說：

「不合格的壽星就再也不能吹蠟燭、不合格的壽星……」

他們不停重複相同的句子，聲音和剛才的同學們如出一轍。

伴隨著女子驚恐的神情，她被拖回包廂裡，門關上了。

早已衝向前的莊天然只差一步便能抓住她，但門仍在他面前重重地關上。

他毫無猶豫地拉開門，房間內卻空蕩蕩，沒有哭聲，沒有笑聲，空無一人。

李哥跟在莊天然身後目睹這一切，瞠大眼，菸灰都掉在地上了還沒回過神。

「怎麼回事？那個女人……幻覺吧？」

莊天然沉默不語，握緊拳頭，一拳搥在門板上。

即使一切都像是幻覺，莊天然心裡也十分清楚，這裡的確曾經有個人，因爲這個該死的遊戲，就此喪命。

莊天然抬頭，猛然轉身，在他身後的李哥猝不及防被撞了一把，還沒叫嚷，便看見莊天然瘋了似地撞開眼前一扇扇門。

「喂、喂！快停手！不要隨便亂開別人的包廂啊！靠，你有病吧，這麼缺業績嗎……」

莊天然撞開左邊第一個包廂，沒人。

第二個包廂、第三個包廂、第四個包廂……直到第五個包廂，推開見到了一個眼鏡男被「同學們」包圍，中間擺著插滿蠟燭的蛋糕，眼鏡男在聽見莊天然進門時明顯受到驚嚇，模樣茫然失措，眼神無助。

莊天然大步向前，在李哥阻攔以前，抓起蛋糕上所有的蠟燭，一口氣全數吹熄。

燭火熄滅，包廂頓時陷入昏暗，氣氛凝結。

就在這時，「同學們」像是被按下關機鍵，忽然收起所有表情，毫無感情地吐出同樣的台詞：「眞無趣，包廂時間結束了，下次再玩吧。」

說完便越過莊天然一行人，消失在走廊。

眼鏡男眼底充滿感激，張口欲言，莊天然卻頭也不回，繼續打開下個包廂。

最後，走廊上十間包廂全被他開過一遍，不幸的是只救下兩人，一個是眼鏡男，另一個是小女孩，而這名小女孩竟然不到五歲。

另外有兩人是自行破關，其餘四間全是空包廂，裡頭的人恐怕已經遭遇不測。

總共十間，只活了六個人，開局便折損近半數玩家，這是莊天然的第三個關卡，難度已經明顯提升。

其中一個自行破關的男人穿著體能訓練專用的運動衫和束褲，背部被汗水浸濕，指著莊天然罵道：「你是不是瘋了？明知道裡面有冰棍還連開十間包廂？」

男人之所以發怒，是由於剛才他憑藉閉氣和徒手掐熄蠟燭解決了關卡，好不容易讓冰棍離開，才剛吸一口氣，突然有人猛開門，嚇得他以爲冰棍又繞回來，後來才知道是這個瘋子把所有門都開過一遍。

他在這個世界待了這麼久，遇過多管閒事的人，就是沒遇過多管閒事又不要命的瘋子！

男人罵咧咧道：「自己能否過關都顧不上了，還想顧別人的關卡，玩過幾關就以爲自己很行，想當救世主是吧？我最不想遇到你這個年紀的玩家！年輕氣盛，有勇無謀！」

莊天然面無表情，語氣卻很誠懇，「抱歉，讓你受驚了。」

眼鏡男看不下去，「喂，先生，如果不是他剛才開門，我跟這位小妹妹可能都沒命了！還有，好好說話，別扯年紀。」眼鏡男摟著小女孩，小女孩眨著大眼睛，跟著拚命點頭。

男人憤怒一瞪，「啊?你誰啊?」

眼鏡男瞬間慫了，躲在莊天然身後，說：「南同學。」

男人沒好氣道：「我看得出來你是男同學，不然女同學啊?我是問你是誰!」

「我是南同學。」

「……」鬼打牆?

「我姓南，名同學。」

男人徹底無語。

這時，另一個自行破關的帽兜男向著莊天然，悠悠地開口：「我認爲，他不算魯莽。他不是也說了嗎，因爲有新人進入包廂，讓他聯想到可以以闖入包廂的方式協助他人破關。這樣的行爲，不是一種捨己救人的智慧嗎?」

帽兜男戴著口罩，嗓音彷彿隔層紗，不僅如此，他還戴著一副墨鏡，面容難以辨認，透露著神祕的氣息。

帽兜男說話，男人卻沒有反駁，比起憤怒，更多的是探究。

因爲他能從帽兜男的習慣舉止，察覺出同爲老手玩家的氣息，例如帽兜男從剛才就一直站在走廊最右側，面向著所有包廂的門，即使關卡結束，依然保持警覺。

男人沒有再計較，轉而對帽兜男說道：「敝姓陳，叫我老陳，你是？」

帽兜男簡單扼要地說：「F。」

老陳點頭。

老玩家大多不會透露眞名，畢竟關卡中極有可能遇見自己的案件相關人，而名字也許會成爲讓對方恢復記憶的線索，因此能避免則盡量避免。

「喂，你們在說什麼關卡？玩家？」李哥不滿被無視，推開莊天然站到人群中間，而當眾人把目光聚集到他身上時，他又自顧自地「啊」了一聲，「我知道了，我又夢遊了是吧？」

李哥拍了拍莊天然的頭，又揉了揉他的頭髮，「這夢的觸感怎麼這麼眞實……」

莊天然：「……」正常人不都捏自己的臉嗎？

李哥釋懷一笑，「我就說這些詞怎麼那麼耳熟，我才剛夢完上一個夢，夢裡也在說什麼關卡、遊戲之類的，想不到這麼快又作夢了。你知道嗎？我特別會作夢，看見我這支勞力士了沒？就是靠夢見彩券號碼才買來的！」

李哥得意洋洋地炫耀手上的金錶，莊天然見他適應良好，特別會自圓其說，張了張嘴，最後還是選擇沉默。

現在不適合一次說白，得先讓他適應，然後慢慢接受。

牆上的指示燈忽然亮起，指向出口方向，在走廊最右側的轉角。

一行人往出口前進，轉彎後正前方有座電梯，電梯旁寫著「3F」，左側有個寄物櫃，右側是樓梯口。

老陳觀察寄物櫃，鑰匙都插在上頭，輕鬆就能打開上鎖的櫃子。

打開其中一格，裡面放的是四個書包，老陳把兩個書包扔給F，意思是共同找線索。

F接下書包，將其中一個遞給莊天然，彬彬有禮地說：「麻煩你了。」

莊天然頓了下，莫名覺得F有些熟悉，但線索在前，他很快拋開疑惑，打開了書包——書包內塞滿厚重的課本，初步翻看只是一般的上課教材，另外還有一個鉛筆盒，以及一本學生手冊。

莊天然翻開學生手冊，先是掉出一張宿舍證，照片是一個女生，名字寫著「萬迷迷」。

「這是怎麼回事？」老陳皺眉，先是翻看手裡的學生手冊，又看向莊天然。

莊天然不明所以，老陳將學生手冊扔給他，莊天然接下，打開一看——夾在裡頭的宿舍證上，印的竟是自己的照片和「莊天然」三個字。

「這是你的學校嗎？難道你跟這起案件有關係？」老陳狀似漫不經心地問。

莊天然確實不明白，這是他的第三關，此次案件理應和他沒有關係，但這張證件又是怎麼回事？

「先別急著下定論。」F開口，同時舉起手裡的證件，笑道：「老陳，我這裡也有你的宿舍證呢。」

只見F手上的證件，印著老陳的照片，名字只寫了「老陳」兩個字。

「哇，這邊還有更多的書包啊。」南同學打開底下的寄物櫃，裡頭塞滿了書包，打開其中一個，同樣翻出了學生手冊和宿舍證，是F的，名字和照片都是根據F現在的模樣。

把所有書包翻開後，分別找出了現場六人的宿舍證，以及幾張無人認領的宿舍證，大概是屬於剛才那些沒有闖關成功的玩家。

「宿舍證應該是給玩家的道具。」F指向樓梯口旁的地圖，「你們看這張地圖，隔壁樓就是宿舍，或許要有這張卡才能進入。」

莊天然看向地圖，上頭寫著「校園配置」，地圖上有四棟大樓圍成一個長方形，北邊是視聽樓，東邊是宿舍，南邊是教學樓，西邊是體育館。而視聽樓上方有一個紅色圖示，標明「所在位置」，另外最底下還有一排關於電梯、廁所的標示圖。

他們正在一所校園的「視聽樓」，而「宿舍」顯然就是他們下一個要去的目標。
每個人揹上自己的書包，準備前往下一個地點。
南同學按了電梯，被老陳怒喝：「你做什麼!?」
南同學被嚇一跳，「怎麼了?不是要下樓?」
「你按電梯，是不怕招來冰棍嗎?電梯最容易出冰棍，就算順利搭到，假如下一層遇到冰棍，密閉空間能往哪逃?白痴都知道要走樓梯。」
「可是……」
「你還有話好說?」
南同學滿臉迷茫，「爬樓梯很累耶。」
老陳收起臉色，一臉「我和你們這群菜鳥沒話好說」。
莊天然想，其實老陳的顧慮沒錯，自己上一關就是在電梯遇上冰棍，差點喪命……想起和田哥的經歷，莊天然眸色黯淡，在心中默默祝福，希望他和莉莉下輩子能有嶄新的人生。
老陳說：「我們快走吧，別理那個傻子。」
小女孩抓住南同學的手，她一直顯得很怕生，不吵不鬧，也沒怎麼說話，直到現在才小聲地說：「我、我我，我要跟哥哥走……」

南同學一手揹著他和小女孩的書包，一手握住小女孩，「你看！而且還有她呀，她連走路都走不穩了，怎麼爬樓梯？萬一真的有冰棍追來，她也跑不掉。」

老陳沉默一會，「她是你妹妹？」

南同學搖頭，「不認識啊。」

「那就別管她。在這裡，弱者註定活不下去，你只會把自己賠進去。」老陳說得冷血，但他並非說得輕描淡寫，沉重的臉色表明他似乎有一段過去。

說完，老陳一臉言盡於此，「我們走吧，別浪費時間了。」

莊天然聽見南同學要搭電梯時本來要阻止，但聽到這裡，卻改口：「我陪他們走。」

老陳回頭，瞥了莊天然一眼。

莊天然說：「他說的對，小孩跑不快，我跟他們一起，多一份保障。」

南同學十分驚喜，抓住了莊天然的手，「大佬，你真是好人，有你在我就安心了！」

「不，我不是大佬……」

「大佬，我們走之前再看一看地圖好嗎？我記性不太好，萬一迷路了怎麼辦。」

「這裡不是只有四棟樓……」

老陳毫不意外莊天然會這麼說，一臉不屑地擺了擺手，卻沒想到，F這時走向莊天然身旁，溫和地說：「那我也能和你們一起嗎？」

莊天然愣了愣，點頭。

老陳沒料到身爲資深玩家的F竟然也這麼傻，正要開口——F說道：「你仔細看過地圖了嗎？視聽樓上的標示，只有電梯、廁所，卻沒標記樓梯……樓梯，眞的存在嗎？」

老陳一愣，又看向地圖，其他棟樓都有標示樓梯，唯有視聽樓只標了電梯和廁所，並沒有樓梯。

F說：「你怎麼知道走下去是一樓，還是永無止盡，直到地獄？」

老陳被說得毛骨悚然。這才赫然發現，是他失策了，關卡就是利用老玩家的心理，故意讓人走樓梯。

李哥忽然鼓掌大笑，「哈哈哈！我的夢還眞精彩啊，你們繼續鬥啊，都可以拍電影了！現在走哪？電梯是吧？」

李哥不合時宜的笑聲讓現場一片尷尬。

莊天然無奈地想，得找機會好好跟李哥說明了。

「叮！」電梯到了三樓，所有人屏住呼吸，只見電梯門開啓，門內空無一人，看來暫且安全。

一行人鬆一口氣，準備進電梯，「哎唷！」南同學被滿地的書包絆了一跤，差點跌倒，自言自語道：「這些東西怎麼扔在這裡……」

莊天然回頭看了書包堆一眼，忽然察覺不對，回頭查看。

南同學疑惑道：「咦？大佬，剛才不是翻過了嗎？」

「我叫莊天然。」

「哦，好的，莊哥！」

莊天然清點書包的數量，面色凝重道：「果然，剩下七個，數量不對。」

「什麼數量不對？」

「房間有十間，加上與我同間的李哥，總共應該有十一名玩家，也就是十一個書包。扣除我們六個，應該只剩五個，爲什麼這裡有七個書包？」

南同學張了張嘴，啞口一會，驀然崇拜道：「不愧是莊哥，你能發現眞是太厲害了！」

老陳不耐煩地說：「你想多了吧？反正我們的線索都已經拿到，其他那些東西說不定只是想混淆我們，別浪費時間了，快點走！」

南同學湊過去，來回看著莊天然和F，「人不是都在這裡了嗎？誰還沒領呀？」

莊天然默不吭聲，拾起七個書包，全部揹在身上。

萬一這些線索屬於其他玩家，若沒了書包，那些人很可能無法通關。不知道是誰的，只能全部帶著。

老陳見狀，傻眼道：「我看你是眞的有病吧？一個包就夠重了，你還想帶著八個？是嫌冰棍追不上你？」

剛才他只是不屑莊天然的救世主情結，現在是眞的懷疑對方腦子有問題。一個書包至少都有一、兩公斤重，八個書包少說有十公斤以上，爲了一個不知道是死是活的玩家，揹著八個包闖關，絕對是腦子有病！

「莊哥，我陪你一起！」南同學從莊天然身上搶下四個書包，揹在自己身上。

「老陳，不是八個，是兩個。」F一面說，一面從莊天然身上又拿下兩個書包。

李哥笑道：「你們這是欺負同學了吧？怎麼變成他一個人揹六個，我也幫忙吧。」

李哥從南同學身上又拿下兩個書包，最後每個人平均分配，正好在能夠承受的範圍。

老陳見眾人齊心協力，頓時無言以對，擺了擺手，「隨便你們吧。」

搭電梯到一樓，所幸中途並無阻礙，順利抵達一樓走廊。

一樓是開放式的長廊，前方中庭一片濃霧，長廊左右延伸，一路抵達隔壁兩棟樓，但由於濃霧，看不清其他兩棟樓的面貌。

往左走，越過長廊，拐彎後，來到宿舍前——宿舍的外觀和一般公寓無異，一層十多扇窗戶，一個個緊密關閉，只有一樓的鐵門微微開啓，暗示著玩家進入。

李哥大笑道：「這宿舍還眞多房間啊，裡面肯定住著很多『人』吧！哈哈哈！」

不合時宜的玩笑再次讓空氣凝滯。

李哥沒察覺氣氛不對，推門而入，才剛踏進門——出乎意料地，一樓交誼廳內的圓桌，確實坐滿了人。

所有人繃緊神經，而圓桌上那群人倏地站起身，滿臉戒備。

對方總共有七個人。

F開口：「是玩家。」

當莊天然看清他們的臉孔時，驀地一驚。

這些人，對得上那些無人認領的證件！

原來，並不是多了兩張，而是這七個人都尚未拿到線索。

幸好全部都帶來了，不然離開視聽樓後，即使返回也無法確定書包是否還在，這七個人就危險了。

對面其中一個籃球背心男聽見F這麼說，主動回道：「你們也是玩家？」

老陳觀察著他們，目測是一群高中生，他粗略看過一遍，唯有在其中一個黑長髮的女生身上多停留兩眼，即使他閱人無數，都不禁稱讚她的美貌，本人比證件上的照片更美。

老陳低聲與F討論：「這關玩家怎麼這麼多？包廂十一人，加上這些，將近有二十人。」

F說道：「案件發生在學校，牽涉的人多，玩家也多。」

老陳點頭認同。

籃球背心男和同伴們竊竊私語一陣，問道：「你們從哪來的？」

「視聽樓。」老陳問：「你們去過視聽樓嗎？」

籃球背心男搖頭，「沒有，我們一開始就在宿舍。」

說完，籃球背心男被另一名女生往後拉，一群人竊竊私語，面色依舊戰戰兢兢。

老陳轉頭面向自己的隊伍，低聲道：「關卡爲什麼刻意分兩邊進行？肯定有問題，多留意他們。」

莊天然想了想，「會不會是分工合作？」

老陳和F看向他。

「我們在視聽樓的關卡得到他們的證件，他們應該也在宿舍的關卡得到與我們有關的道具，或者線索。」說完，莊天然正要拿出證件給他們，突然被老陳按住。

老陳轉頭問對面那群人：「你們在宿舍遇到什麼關卡？」

宿舍那群人你看我、我看你，忽然變臉，語氣凶狠道：「我們爲什麼要告訴你？」

老陳神情冷靜，並不是沒遇過這種情況。這群人神情惶恐，汗流浹背，多半是新手玩家。新手初入遊戲難免情緒緊繃，爲避免打草驚蛇而失去線索，他安撫道：「年輕人，別緊張，關卡才剛開始，我們互相配合，我也會分享自己的經驗，彼此多個照應。」

南同學忽然困惑：「那你剛才爲什麼要罵我們莊哥？」

突然被補刀的老陳：「……」

對面其中一個戴著黑框眼鏡的黑衣男忍不住搶話道：「你少話術我們！我上一場遊戲就是差點被你們這些自稱老玩家的人害死，還好有新手獎勵救了我！」

「看見沒？這就是多管閒事的結果，你搏命替他們帶來道具，而他們不管你死活。」老陳無所謂地聳聳肩，看著莊天然，臉上沒有嘲笑，亦沒有憤怒，只有平靜，「現在最好的做法，就是把宿舍證當底牌，先別提證件，反過來套他們的話，到時候眞不行就動手搶，要制伏這些小鬼頭應該不成問題……」

莊天然忽然喊道：「阿虎。」

對面的籃球背心男原本一臉凶狠，聽見莊天然叫出自己的名字，臉上明顯驚愕，「你怎麼知道我的名……」
「我在視聽樓拿到你的線索，你收好。」莊天然舉起阿虎的證件，準備交給他。
老陳難以置信地揪住莊天然的領子，「你白痴啊！現在就曝光底牌，我們拿什麼來換他們手上的線索？你不要命，我要！」
F倏地抓住老陳，「好好說話，別動手。」
李哥也出面勸阻：「喂喂，你們這幾個配角，別在我的夢裡吵！」
「放開他、放開他！」小女孩跟著叫，氣呼呼地幫忙抓住老陳。
南同學趁亂抽走搶成一團的證件，問莊天然：「莊哥，要給他嗎？」
莊天然點頭，道：「人和人是互相，我們讓一步，對方也會退讓。在他們當中，不只有凶手，還有普通人，不會每個都充滿算計。」
「好，莊哥說了算！」
南同學把宿舍證扔給阿虎，阿虎匆忙接下。
南同學又從身上的書包裡拿出兩張證件，揮動著手說：「來來來，這邊還有兩張哦，喜歡的喊加一，只要用你們的道具來換。」
宿舍的玩家們停頓一會，開始暴動，所有人拿出藏在口袋的證件，爭搶著說：「我！我要換！我這裡有你們的視聽證！」

南同學滿意地點點頭，「原來直播帶貨就是這種感覺。」

老陳簡直被南同學亂無章法的操作看傻了眼。

莊天然接過南同學換來的證件，發現是進入視聽樓的視聽證，基本上和宿舍證相似，乍看並不特別。

經過一番交易，雙方氣氛不再僵持不下，活絡許多。

他們說了關於宿舍發生的關卡，發現關卡內容幾乎一模一樣，只是「慶生」地點不同。

他們一進入遊戲就發現自己身在宿舍房間，心驚膽跳地完成關卡，離開房間，然後才遇到其他人。

第一關倖存的只有他們七個，七人是同校同學，阿虎和黑框眼鏡黑衣男齊峰是學長，其他五個女生是學妹，分別是萬迷迷、熙地、林琪、楊靈和劉馨雨。

阿虎和齊峰特別驕傲地介紹：「這位是萬迷迷，我們的學妹，本校校花。」

萬迷迷撥了撥頭髮，能聞見淡淡的花香，令兩人心神嚮往，而她正拿著圓鏡補妝，看都沒看他們一眼。

李哥湊向前，上下打量萬迷迷。

即使萬迷迷早已習慣成為萬眾矚目的焦點，面對這種直白的審視依然覺得不自在，「有事嗎？」

李哥問：「妳是小Pear的粉絲？」

萬迷迷一頓，瞟了李哥一眼，「怎麼？是有很多人說我像她，不過我跟她不熟，大叔，你的搭訕方式真老套。」

李哥點點頭，「我就說，這妝跟穿搭模仿得真假，小Pear本人美多了，我的夢怎麼會夢到假貨。」

萬迷迷：「……」我跟你勢不兩立。

阿虎見萬迷迷臉色不好，激動道：「你說什麼？迷迷是我們學校的女神！你不怕被揍？」

齊峰幫腔：「迷迷，妳不要聽他亂說！」

就連同為女生的熙地也跟著吹捧：「是啊，迷迷，妳是最美的！」

「你們是當其他女人死了嗎？」李哥隨手挑了女生群中最安靜的楊靈，拍拍她的肩，「哥哥我跟別人不一樣，我一視同仁，別怕，哥哥罩妳。」

楊靈一臉惶恐。

見嚴肅的討論逐漸被李哥變成聯誼現場，老陳立刻出來打岔：「好了，這關的菜鳥怎麼都廢話那麼多！妳們同個年級，都同班嗎？」

萬迷迷不情願地道：「這是問人的態度嗎？老頭。」

「……為什麼姓李的是大叔，我就是老頭？我跟他一樣三十出頭！你們這些沒禮貌的小鬼頭。」

此時的莊天然、南同學和小女孩，以及Ｆ，三個大人正在研究一樓交誼廳的結構和擺設，並沒有特殊的線索，彷彿只是一間位於學校的普通宿舍。

較特殊的部分是公告欄寫著熄燈時間——晚上十點至早上六點，熄燈後，不得進入其他學生房間。

莊天然看牆上的鐘指向九點三十分，十點即將到來，依照上一場的經驗，他們最好在十點前進入自己的房間。

Ｆ湊近莊天然，指著宿舍證，「上面的數字，應該是房號。」

每個人的宿舍證上都有一個編號，莊天然的是「301」，Ｆ的是「509」，常理推斷，分別指的是三樓第一間和五樓第九間。

每個人的號碼都不同，所以所有人都是住單間。

莊天然看一眼Ｆ，問出了思量很久的問題：「你為什麼要靠這麼近？」

F微微一頓，沒有說話。

莊天然從關卡開始到現在，一直覺得古怪，F總是自然而然地拉近與他之間的距離，彷彿相識已久，而且對方的模樣、聲音，也令他感到熟悉……

南同學冒出頭，「什麼？莊哥，你的意思是這個人騷擾你嗎？」

莊天然道：「……不，我不是這個意思。」

F淡淡一笑，「時間要緊，下次再說吧。」

眼看時間即將來到九點四十分，莊天然告訴在場所有人必須在十點前回到自己的房間時，他們惶恐道：「我才剛從房間逃出來，現在居然要住在裡面⁉」

幾個女生更是聞之色變，「我不要自己睡一間！」

「對呀！多恐怖呀！萬一睡到一半出現冰棍呢⁉」

莊天然解釋：「規則說了，『熄燈後，不得進入其他學生房間』，因此半夜不能同住。另外，這個世界會給我們緩衝時間，一般而言至少能休息幾個小時。」

「那又怎樣？我怎麼知道幾個小時是多久？」

老陳嚴肅地說：「最好遵守規則，否則下場會更慘，妳們要是湊一起睡，沒準多出來的人半夜會被冰棍拖出去。」

女孩們被說得寒毛直豎，瞬間臉色刷白。

儘管她們不喜歡老陳，也能看出老陳是在場的人之中較爲資深的老手，他說的話確實有道理，因此就算害怕也不得不照做。

所有人依照自己宿舍證上的號碼上樓，莊天然走上三樓，望過去，整排房門整齊劃一，第一扇門上寫著「301」，第二扇寫著「302」……以此類推，其中還有一間廁所。

門的正中央有個透明的垂直卡槽，看來要將宿舍證放在裡面，如此一來便能從門上看出是誰的房間。

莊天然進門前，看見住在同層「309」號房的萬迷迷面色慘白，雖然努力維持著高冷的形象，但顫抖的手卻怎麼也無法把證件放進卡槽，掉到地上好幾次。

她從進入關卡以來一直跟著團體行動，這是第一次和人分開，心裡惶惶不安。而且，她對宿舍還有陰影，畢竟裡面曾經有一群怪物，這次打開又會遇到什麼？她不確定……

莊天然走向她，撿起地上的卡片，替她放進卡槽裡。

萬迷迷訝異地回頭，因爲身高差，正好對上莊天然下巴的稜角，莊天然單手推門，說：

「我陪妳進去。」

「你……這樣，不是違規……」

「規則表明『熄燈後』，代表現在安全。」

萬迷迷一聽，頓時放下心，抬起下巴輕點了點，高傲地准許莊天然進入。

莊天然隨著她一起進入房間，房間不大，只有窗戶、床、書桌，以及衣櫃。四四方方的空間裡寂靜無聲，沒有關卡，也沒有冰棍，看起來就像普通的學生宿舍。

萬迷迷見狀，臉色稍霽。

莊天然掀開棉被，檢查床底、書桌底下和衣櫃，確定沒有冰棍躲藏，萬迷迷就站在他身後，看著他擋在前方替自己排除所有危險，她咬了咬唇，似乎欲言又止。

牆上的鐘來到九點五十，萬迷迷雖然心中依舊忐忑，仍冷冷地推了把莊天然，「十點快到了，你快回去吧。」

莊天然點頭，回到自己的房間。

他初步排查了自己的房間，同樣沒有藏人，接著他開始細查線索，窗外一片漆黑，像被濃霧包圍，什麼也看不見。書桌上僅有一張透明的切割墊，和一盞能夠正常使用的檯燈，下方抽屜空無一物，有一些因年久產生的鐵鏽痕跡。衣櫃裡掛著兩件衣服，一件是白色制服，另一件是紅色運動服。

彷彿這裡一直住著人。

莊天然思考著其中線索，下意識手插進外套口袋，忽然摸到一團紙團。

他確定自己外套口袋裡原先沒有物品，疑惑地拆開紙團，展開便能聞見一抹清晰花香，讓他聯想到萬迷迷的香水，應該是她剛才把他推出門外時，趁隙放入。

紙團的內容是一張學校通知單——

課後輔導

地點：視聽樓

時間：晚上十二點

請同學們務必攜帶視聽證，穿著白色制服。

短短四句話，訊息量卻不小。

原來，宿舍玩家拿到的線索不只視聽證，還有這張通知單！

這就是衣櫃裡之所以有制服的用意。

正當莊天然這麼想時，「啪！」室內燈光忽然熄滅。

熄燈了。

一時房間陷入黑暗，伸手不見五指，還來不及顫慄，便聽見整棟樓傳來鬼哭狼嚎的尖叫聲，叫得他恐懼感都沒了。莊天然無奈地想，這宿舍的隔音不太好。

莊天然摸黑，試圖點亮檯燈，意外地，檯燈竟然能開。

他開著檯燈，躺上床，想著距離十二點還有兩個小時，趁現在稍作休息。雖然在這個世界生理上不會感到倦怠困乏，但精神壓力不小，心理上容易疲憊，依然須要歇息。

莊天然合上眼，腦中盤旋著今天發生的種種事件，十二點要到視聽樓，是不是代表十點熄燈後只要不進入其他人的房間，他們能自由行動……

想著想著，莊天然忽地睜開眼。

不對，他記得視聽證上明明有寫……

莊天然拿出視聽證，放在檯燈下照亮，清楚看見視聽證上寫著——「視聽樓開放時間：早上九點至晚上十點半。」

視聽樓只開放到十點半！

爲什麼通知單上寫晚上十二點？難道，即使課堂時間是十二點，但實際上十點半以前必須進入視聽樓，否則就會錯過時間？

錯過時間的下場，可想而知。

但這些都只是猜測，單憑猜測離開宿舍風險太大，還是必須詢問當時收到通知單的人，才能判斷是否還有其他線索能夠作推敲參考。

莊天然看向時間，距離十點半剩不到二十分鐘，必須盡快得到答案。

打開房門，走廊一片漆黑，鴉雀無聲，莊天然觀察一會，確認沒有其他動靜，才踏出門外。

走廊沒有光線，視線晦暗不明，莊天然摸著牆，數到第九間，敲了敲萬迷迷的門，「是我，莊天然。」

等了一會，房門開啓一道小縫，微弱的燈光透出來，一雙眼睛透過門縫看房外的人，見到是莊天然後才打開門，萬迷迷問：「怎麼了？」

「通知單上寫晚上十二點要到視聽樓，但視聽樓十點半就關門了，你們是怎麼拿到這張紙的？」

萬迷迷一臉厭煩，「有什麼問題嗎？關門就關門，我們又不是去視聽樓看電影的。」

莊天然低頭思索。確實，關卡也許是在視聽樓「關門」後才開始，又或許不用進樓，是他想多了。

萬迷迷又開口道：「我們不是約好一起去死嗎？」

莊天然一怔，抬頭。

萬迷迷露出大大的笑容，紅唇咧開，瞳孔佔據整顆眼球，純黑色的眼睛直勾勾地盯著莊天然，「對了，看你忘東忘西，提醒你，老師說，不想死的人穿紅色，想死的人穿白色喔。」

莊天然全身僵直，還沒反應過來，「她」已經關上門。

莊天然眼珠動了動，握了握手指，幸好沒有出大事——

突然房門又打開，「她」探出頭，問：「對了，今天那場遊戲的內鬼，該不會是你吧？」

莊天然瞳孔一縮，「她」燦笑道：「開玩笑的。」

砰！房門再次關上。

莊天然愣了好一會，房門終於再也沒有動靜。接著，隔壁另一扇門開了，萬迷迷小心翼翼探出頭，「剛才是你敲的門？大半夜別嚇人。」

莊天然沉默地看著萬迷迷。

「幹嘛？一臉看到鬼地看著我。」

……確實看到鬼。

萬迷迷沒好氣地問：「你幹嘛站在廁所前面？」

莊天然透過萬迷迷開啟的門縫燈光，看清自己面前的是廁所。

莊天然背脊一陣發涼。

但他很快甩開恐懼，現在正事要緊。

他聽田哥說過，冰棍提供的線索都與破案有關，沒遇過冰棍說謊，這表示，通知單有蹊蹺！要是沒發現視聽樓的異樣，沒問的話，恐怕穿著制服過去就出事了。

莊天然省略剛才發生的事，告訴萬迷迷十二點去視聽樓要穿紅色體育服，不是白色制服。

萬迷迷雖然詫異，但聽完莊天然的解釋，她沒有發問，閉口不語。

接著莊天然一層層上下樓敲門，老陳、楊靈和林琪住在二樓，李哥、南同學、熙地和齊峰住在四樓，F、桃桃、劉馨雨和阿虎住在五樓，有的人開了門，有的人害怕沒開門，沒開門的他就在門外提醒：「十二點要到視聽樓，要穿紅色體育服，不是白色！」

但也有人開了門，卻不信莊天然的話。

阿虎說：「我不知道你從哪裡得來的資訊，明明我們得到的線索上寫的就是穿白色！你是想報復我們沒告訴你線索吧？別以爲我會上當！」說完便關上門，無論莊天然怎麼敲，他都沒再打開。

女生幾乎都沒開門，只有熙地開了一小道門縫，問莊天然：「迷迷知道了嗎？」

莊天然點頭，熙地才縮回去。

至於F、南同學、老陳和李哥，都分別表示明白。

老陳一邊罵「那群狡猾的小鬼頭……」，一邊用冷漠的眼神看莊天然，滿臉「我就說吧！好心沒好報！」的表情，但他也懶得再講了。

最後莊天然來到小女孩房前，小女孩一聽見莊天然的聲音，立刻開了門：「哥哥！」

莊天然在門外抱了抱她，即使不願放她自己一個人，但礙於規則無可奈何。他想，這個世界太殘忍了，連這麼小的孩子都被捲入。

莊天然讓小女孩從書包拿出課本和鉛筆盒，小女孩乖乖交給他。

莊天然在課本上畫了一個時鐘，指向十一點四十分，同時指著牆上的鐘跟她說：「長的指針指到8，短的指針快要到12的時候，哥哥會來接妳。」

小女孩看了看莊天然畫的圖，再看了看時鐘，「哥哥畫的，是時鐘嗎？」

莊天然點頭。

「可是可是，時鐘不是圓圓的嗎?哥哥畫的，是方方的正方形耶？」

……他盡力了。

莊天然離開前，問：「一個人睡會怕嗎？」

小女孩搖頭道，「小惠姊姊說，一直有人在陪我唷，就算桃桃沒看到，也會一直一直在桃桃身邊，所以桃桃不怕！」

莊天然摸了摸她的頭。

桃桃開心地笑了，在這個黑暗的世界，稀有且純粹。

莊天然衷心希望，這個孩子能夠離開，平平安安地長大。

然然，我幫你拿書包。
？不用。
可是你的左手要拿飲料，沒手了呀。
我還有右手。
牽起…
現在沒有了～

02 小Y

深夜十一點五十分，宿舍外的長廊。

黑夜漫漫，冷風刺骨，莊天然一行人一同前往視聽樓。

南同學不知道是冷的還是害怕，一路上一直抓著莊天然的袖口，直到感受到身後刺骨的視線，他小聲地問：「莊哥，我怎麼覺得F好像討厭我。」

莊天然回頭，F若無其事地轉開目光。

莊天然說：「你想多了。」

彎過轉角，終於見到視聽樓，眾人不禁一愣。

視聽樓的走廊上站滿了一整個班級，整齊得像是自動排列，所有人背對著他們，全體穿白色制服。

冰棍的數量遠比他們想像得還要多。

但即使渾身發毛，也只能硬著頭皮向前走。

他們排在隊伍最後，盯著最後一排冰棍的後腦勺，深怕「他們」突然集體轉頭。

四周異常安靜，整個隊伍那麼多人，卻沒有發出半點聲音，就連最前頭穿紅衣、戴紅框眼鏡的老師，也始終保持著低頭看點名表的姿勢，動也不動。

就像是一群木偶，整點一到才會動作。

十一點五十五分，萬迷迷和熙地來了，她們穿著紅色運動服，看見莊天然一行人，加快腳步跑向他們，排在他們身後。

十一點五十九分，剩下五個人姍姍來遲，遠遠就能聽見他們的爭執。

阿虎和齊峰拖著楊靈，不滿地說：「我就跟妳說要穿白色！妳看！所有冰棍通通都穿白色！」

林琪和劉馨雨走在他們後頭，也都穿著白色。

莊天然心想：「不好！」但已經來不及了，時間來到十二點整。

老師第一個動了，她抬起頭，面無表情地看向所有學生，「上課了。」

說完，第一排的學生從左至右開始，一個個腦袋發脹得不成模樣，最後如同脹破的氣球般爆開，殘破的碎渣飄散在空氣中。一排排爆破速度極快，被阿虎和齊峰夾在中間的楊靈連尖叫都來不及，便感覺渾身黏膩，鮮血和屍體碎塊沾了滿身，她驚恐地瞠大眼，眼裡都是血，不知為何躲過死劫。

而劉馨雨早在見到第一排學生出事時，已立刻脫下制服，裡頭穿的是紅色運動服，因而逃過死劫。

楊靈渾身發抖，鮮血如瀑布般遍布全身，制服上染滿血跡，早已看不出原樣。

老師踏過屍體，一舉一動生硬不自然，彷彿被操縱的人偶，走向楊靈，站在她面前，以極近的距離低頭審視。楊靈哭得涕淚縱橫，抿著嘴努力不發出聲音。

老師看她滿身鮮紅，說：「儀容不整，下不爲例。」

規則是「穿紅色」，楊靈雖不是穿運動服，但被鮮血染紅的制服意外救了她。

「其他同學們，跟我來。」老師走向視聽樓，關閉的大門自動打開。

僥倖活下的楊靈緊緊跟著老師，似是變得神智不清，一直喃喃自語。

「還好我聰明穿了兩件！哈哈哈！」劉馨雨瘋了似地大笑，眼神不斷在萬迷迷和熙地之間逡巡，試圖尋求崇拜。

熙地見到滿地殘塊，彎腰作嘔。

萬迷迷忍住噁心，閉著眼，冷冷地說：「眞虧妳笑得出來。」

劉馨雨唇角抖了抖，轉頭跟上楊靈。

李哥點了根菸，手還有點顫，望著滿地猩紅，皺著眉說：「我這夢也太血腥了……以後得少看點恐怖片。」

莊天然無論看過再多次死亡現場都無法習慣，閉了閉眼，拾起阿虎、齊峰等人遺留的黑框眼鏡等遺物，以及一個裂成兩半的佛牌，放進書包裡。

這時，旁邊有人遞上一條手帕，莊天然怔了怔，那人主動握住他被鮮血沾染的手，仔細地擦拭。

「不擦乾淨不行，小心別生病了。」F溫柔地說道。

莊天然瞳孔震顫，猛地抽回手，「你……」

F的臉龐被遮得嚴實，難以判斷情緒，但從輕柔的舉止能看出他的善意。

F說：「還沒擦完呢。」

F的手再次覆上——

「莊哥！不好意思打擾了！」南同學突然大聲發言，嚇到眾人。

原本正在觀察屍體的老陳差點被嚇出心臟病，「你這麼大聲幹什麼!?」

南同學捂著桃桃的眼睛，說：「不是、我剛叫了好幾次你們都沒聽見……冰棍都要走了，我們不走嗎？」

他們加緊腳步進入視聽樓，老師指著電梯，要他們搭電梯上樓。

電梯門闔上，所有人暗自慶幸老師沒有跟著進來，否則這會是最難熬的幾秒鐘。

電梯已被按上四樓，緩緩上升，電梯門打開時，老師已站在外頭。

南同學喃喃道：「連電梯都不用搭，直接瞬移，眞輕鬆呀……」

李哥點頭，「確實讓人羨慕。」

老陳壓低聲音道：「噓！你們不怕被她聽見嗎!?」

老師帶著他們走入其中一間教室，門口上的牌子寫「視聽教室」。

推開門，裡頭竟然站滿了學生。

視聽教室很大，類似電影院的結構，總共十幾排座位，而座位前全站著穿著紅色運動服、背對著他們的學生，面向黑板，垂著頭，動作整齊一致，即使聽見開門的聲音，一個也沒有回頭。

儘管沒有全滿，少說也有一百多人。

「我有預感，這關不好過……」老陳鐵青著臉說。

老師走向講台，他們也必須趕緊找位子。

面向黑板的右側幾乎站滿，只有左側剩寥寥幾個空位，而最後一排站著楊靈和劉馨雨，她們最早來，早已選中最後一排最左側，也是離大部分冰棍最遠的位子，因爲所有人都站著，她們也不敢坐。

老陳站在最後一排最右側，接著依序是F、萬迷迷、熙地和莊天然，莊天然原本想和桃桃換位子，但桃桃堅持要在他和南同學中間，最後是李哥，他站在楊靈和劉馨雨旁邊，逗她們玩，然而楊靈依舊瑟瑟發抖，什麼也聽不進去，只有劉馨雨被他的幽默話語逗得直笑。

「上課了。」老師說道。

說完，所有學生同時坐下。

他們這才匆匆跟著就坐。

投影布幕緩緩下降，教室燈光突地熄滅，螢幕亮起——

「這是今天的上課內容。」伴隨著老師毫無溫度的嗓音，以及一室死寂，一則新聞在眾人眼前放映。

「近期某私立高中發生一起集體霸凌案，某女學生於深夜被同學們帶至山上，遭到毆打後，疑似在逃跑過程中墜落山谷，之後便下落不明。警方後來搜查現場，找到一支遺留的手機，女學生卻不知所蹤。經檢方查驗，手機內部存放女學生當時遭受霸凌的影片，現在為大家播放內容——」

畫面一轉，螢幕上出現昏暗的樹林，畫面晃動，只見一道手電筒的光芒打亮前方，鏡頭拍到拿手電筒人的頭部，有一截白色制服衣領，頭部被打上馬賽克，看不清臉和表情，聲音受機械音處理，一時分不清是男是女。

「喂喂！你拍到了沒？」

「討厭啦！我已經在拍了！」

鏡頭從雜草轉向蜷縮在地的學生，從制服裙襬能看出是名女生，一旁有兩隻腳朝她腹部猛踹，一隻是白色球鞋，另一隻是白色帆布鞋。

女學生不停哭喊求饒，她抱著腹部，似乎月經來潮，裙子上深褐色的血漸漸蔓延開來。

「快拍、快拍！她哭了！」

「哈哈哈，你看她，頭髮好亂，好醜喔。」

一隻手揪住女學生的長髮，強迫她把用雙手抱住的頭給露出來，「小Y，快看這裡啊，妳是女主角喔！」

畫面上，倏地出現小Y放大的臉，不過臉部被新聞打了馬賽克。

小Y崩潰，猛然搶走面前的手機，接著畫面劇烈搖晃，小Y似乎正往樹林深處逃跑，之後，她忽然發出一聲慘叫，只見畫面在樹叢間接連翻滾，像是從高處摔下，最後影片黑了。

老陳深思，拉著F說：「這就是這次的懸案？你看出什麼線索？」

「事情沒那麼簡單。」F說。

南同學也隔著桃桃拉著莊天然問：「莊哥，你覺得呢？」

莊天然沒從影片看出什麼端倪，但有一件事不對勁，「如果是集體霸凌，他們當中哪一個是凶手？」

如果小Y如影片所示，在遭受霸凌後意外而亡，那麼凶手就不只一位。再加上，若是警方掌握這項證據，已經足以將霸凌者定罪，但這卻是一起懸案，這當中，一定還有無法解釋的事情。

南同學聽完莊天然的解釋，驀地了然，滿面崇拜，只差沒起立鼓掌。

本以爲投影片已結束，沒想到，畫面竟再度亮起——

一名紅衣女人捂著臉，跪在地上低聲啜泣：「我的孩子……我的孩子……我的孩子……」哀淒的嗓音迴盪在整間教室，她身下流出鮮血，蔓延成一灘血泊，溢出投影螢幕的邊緣，啪嗒啪嗒地滴在講台上。

老師彷彿對腳下的黏膩毫無所覺，一卡一頓地道：「今天的作業，找到小Y，帶來給我。注意，不能被她抓到。下課。」

看來，這就是本案關卡的破關條件。

「也就是說，這場遊戲的目的並不是找出凶手，而是找到死者。」F悠悠地說：「死者究竟在我們之中，還是已經成爲了冰棍呢？真有趣。」

莊天然蹙了蹙眉，沉思。

老陳罵道：「靠！第一次遇到這種鳥事，躲都來不及了，還要我們去抓冰棍？」

F語帶笑意，「這麼說，你已經知道答案了？」

老陳道：「F，你是真不知道還是故意考我？題目不就說了，『不能被她抓到』，這不就表示她是冰棍嗎？況且，假設那個小Y是玩家，而影片中小Y的身形明顯是個女的，這樣嫌疑人不就只剩女的？遊戲不可能一開始就出這種排除某一方嫌疑的題目！」

莊天然仍在思考，直到袖口被人拉了拉，南同學湊向他耳邊問道：「莊哥，他們在說什麼，我怎麼一點也沒聽懂？」

南同學原本是想竊竊私語，不料音量有點大，老陳全聽進耳裡，斜睨了南同學一眼，不料，更讓老陳火大的是，莊天然回答：「抱歉，我沒在聽。」

一個聽不懂，一個沒在聽，他到底都跟了什麼隊友！

伴隨著下課，教室突然變得喧譁熱鬧，彷彿背景音從無聲被人調大音量。

前方傳來同學抱怨的聲音：「討厭，爲什麼要我們去找小Y？」

「只要玩遊戲，小Y就會自己出現吧？」

嗓音聽起來年輕活潑，充滿青春洋溢的氣息，但從莊天然他們的角度來看，前方的同學們一個也沒有動，同樣面向前方，直直盯著黑板，周圍的聲音卻相當熱鬧，令人毛骨悚然。

「我們來玩遊戲吧！今天的壽星是誰？」

「是你嗎？」

「不是我啊。」

「是你嗎？」

「不是我啊。」

對話一來一往，一來又一往，最後忽然安靜。

所有同學齊齊轉過頭，指向他們之中的楊靈：「今天的壽星就是妳！」

楊靈發出驚恐的尖叫。

同學說：「要玩什麼遊戲？」

楊靈情緒崩潰，根本無法好好聽話，只是不停地尖叫。

同學的臉色變了，瞳孔放大，臉部漸漸落下汗滴……仔細一看才發現，那並不是汗，而是同學的臉正在融化，緊閉的嘴唇因爲融化而下垂，逐漸露出尖銳的牙齒……他們不停地重複道：「要玩什麼遊戲？要玩什麼遊戲？要玩什麼遊戲？」

老陳急喊：「快說要玩什麼遊戲！」

但楊靈明顯已經聽不進任何人的話，渾身哆嗦，不停喃喃自語，像是瘋了。

「再這樣下去我們都得死！」老陳急得滿頭是汗。

莊天然知道楊靈已不堪負荷，他緊盯門口，心想等下若冰棍撲上來，他們該怎麼逃……

這時，南同學突然急中生智，喊道：「大、大白鯊，站在桌上就不能抓！」

冰棍們驀地靜聲，眨也不眨地盯著他們，彷彿在窺探。

所有人氣都不敢喘，沒人知道不是由壽星喊出的遊戲會招致什麼後果，但後悔也來不及了。

接著，冰棍的臉部迅速凝固，裸露半截牙齒的嘴笑道：「今天的遊戲，大白鯊，站在桌上就不抓，躲藏地點，體育館和教學樓，時間，一小時。記得，老師在教學樓三樓休息，不能吵醒她喔。」

老陳詫異道：「居然有用……」

南同學也難以置信地眨了眨眼睛，似乎沒想到自己的姑且一試竟然會成功。

「從第一個ＫＴＶ的關卡，他們就曾對每個人說過，我們是『壽星』。」Ｆ眉間舒展，彷彿毫不意外，「或許對他們而言，我們每個人都是『壽星』，因爲『壽星』代表活著的人。只有活著的人，才能過生日。」

F的推測讓眾人隱約理解了緣由，但還來不及細思，便聽見冰棍們異口同聲地說道：「我們當鬼，你們躲，100……99……」

完全沒給人反應時間就開始了倒數，而且只有一百秒！

他們轉頭開始狂奔，所幸電梯停在四樓，沒在下樓多浪費時間。

「被一百多個冰棍追著跑，這關果然不好過！」電梯裡，老陳一面罵，一面算著錶上的秒針。

劉馨雨扯了扯南同學的手臂，焦慮地喊：「大白鯊到底是什麼啊！他們爲什麼要來抓我們!?」

被南同學抱在懷裡的桃桃讓劉馨雨的力道扯得晃了晃，以爲是在盪鞦韆而笑了起來。

南同學撓了撓臉，「就是……人躲在桌子上，鬼的腳不能離開地板，被鬼抓到就輸了的遊戲。我們以前玩的版本是只要躲在桌子上就不能抓，至少可以確保我們躲在桌子上就安全了……」

叮！電梯門開啓，一行人急著離開電梯，朝體育館奔跑的過程中，劉馨雨卻不放過南同學，罵道：「你幹嘛選一個會被他們抓的遊戲！多恐怖啊!?隨便選個賓果都好啊！」

「不能選賓果。」沉默已久的莊天然開口：「妳有沒有想過，這是一場百人遊戲，當中只要有一個人『賓果』，其他人都會是輸家。」

輸了遊戲的下場可想而知，他們很可能會瞬間團滅。

「至於大白鯊，雖然是追逐遊戲，但可以提前躲藏，不用跟他們近距離接觸，而且，就像南同學說的，只要躲好就能避免產生輸家，我認為選得很好。」

劉馨雨被莊天然說得面色鐵青，哼一聲繼續往前跑，不再理會他們。

「莊哥……」南同學感動地想對莊天然說些什麼，卻被突如其來出現在身邊的F打斷。

「然然說得真好。」F微微一笑，說話的語氣依舊輕柔和緩，不見半點喘氣，「這麼說來，下一場，不管壽星輪到誰，我們都要先想好遊戲。」

莊天然點頭。

他從剛才就一直在思考，下一場遊戲，到底該選什麼？

F說道：「我提議，真心話大冒險。只要一直選真心話，就能避開大冒險。」

原本十分積極討論關卡的老陳此時喘得上氣不接下氣，從視聽樓跑到最近的體育館大約只要三十秒，由於他體力不足，才跑到半路就喘得無法說話，只能報數：「呼、呼呼……剩下，七十五秒……」

只要跑到體育館，找到桌子，站在上頭，這個關卡就等於過關了。

雖然時間只有一百秒，但眼看體育館就在轉角，要破關的機會還是很大……

當他們拐過走廊，終於避開迷霧，第一次見到體育館的全貌，瞬間怔住。

整棟大樓已是廢墟，一片焦黑，彷彿曾經遭逢火災，大門裂開一半，一層層鋼筋裸露，透過碎裂的牆能看見裡頭凌亂不堪，別說桌子，四處只剩斷垣殘壁。整棟樓總共三層，只有三樓完好無損，但看不見內部結構，無法確定是否有桌子。

「剩、剩下五十九秒！」老陳扶著膝蓋，拚命喘氣：「現在跑到教學樓還來得及嗎!?」

如果跑到教學樓，最多也只剩二十幾秒，夠他們躲嗎？萬一教學樓也是廢墟，又要往哪跑！而且無法確定冰棍移動的速度，萬一時間一到，冰棍立刻瞬移到尚未躲到桌上的玩家面前，那麼遊戲不就結束了！

劉馨雨指著樓上，「不是還有三樓嗎？桌子肯定就在那裡啊！」

老陳駁斥：「萬一上去以後沒有桌子，不就死路一條？」

劉馨雨一再被反駁，徹底被激怒，「你們是覺得我沒腦嗎？如果不能躲，『他們』一開始幹嘛指定這個場所！你們不躲就等死吧，我要進去了！」

劉馨雨撞開眾人，越過裂開一半的門，身影很快消失在一樓廢墟裡。

李哥皺了皺眉，「怎麼辦？要跟上去嗎？還是去教學樓？」

莊天然覺得劉馨雨說的不無道理，但也有可能——這是一道二選一的題目，他們必須在體育館和教學樓之間做選擇，只有選對地點，才能找到桌子。

若非如此，他想不到特地指定兩個地點的原因，按理說，體育館就在隔壁，時間只有一百秒，誰都會選擇體育館，沒必要特地加上教學樓。

莊天然說了自己的論點，才剛開口，南同學就拚命點頭表示十分認同，莊天然甚至不確定他聽沒聽懂。

李哥抓了抓頭，「所以我們要去教學樓看看？」

老陳急道：「剩下四十秒，沒時間了！」

不存在「試試看」的說法，一個選擇就決定生死。

莊天然陷入兩難，即使現在跑到教學樓，也只剩十秒能躲，到底哪個才是正確解答……

「哈哈哈！我找到了！我是對的！三樓真的有桌子！」劉馨雨興奮地大喊，在二樓外牆邊緣朝他們揮手，說完便轉頭往上跑。

一行人得知答案，趕緊跟上，正要進入體育館時——裂成一半的大門忽然走出紅色的身影，劉馨雨一臉不甘心地抱怨：「搞什麼，根本沒有樓梯啊。」

眾人怔了怔。

「妳……剛才不是上三樓了嗎？」

劉馨雨皺眉，「沒有啊，一樓連樓梯都沒有，怎麼上去？」

眾人頓時毛骨悚然。

那麼剛才在二樓向他們招手的人，是誰？

然而，現在時間緊迫，顧不得那麼多，既然已經知道體育館是死路，老陳喊道：「剩下三十秒，快跑！」

他們拚盡全力跑向教學樓，即使心裡知道可能來不及，也只能硬著頭皮使勁狂奔。

一行人拚命向前跑，很快拐過轉角，所幸眼前的教學樓完好無損，遠遠能看到一樓的教室一間間亮著燈，像是爲他們指引道路。

「教室肯定有桌子！快進教室！」

總算看見一線生機，所有人顧不得思考剩下多少時間，一股腦奔向教室。

忽然，莊天然感覺衣角被人拉了一下，原本跑在最前頭的他被超越了，他困惑地回頭，所有人都專注地向前跑，沒人叫他。

莊天然困惑一瞬，接著便聽到身後傳來慘叫。

他趕緊回過身，只見老陳跌坐在教室門口，指著教室內，手指微微顫抖，「完……完了。」

見老陳反應如此巨大，事情恐怕非同小可，莊天然順著他指的方向一看——教室裡，每張桌子上，都已經站滿了「人」……

同學們詭異地站在桌上，面向黑板，垂著頭，皮膚蒼白發青，彷彿上吊的屍體，令人毛骨悚然。

更糟的是，沒有任何一個空桌可以讓他們躲藏。

不遠處傳來嘈雜的嬉笑，以及無數的腳步聲。

「人在哪裡呢？」

「嘻嘻嘻……」

「我來抓你了。」

03 大白鯊

四面八方傳來嬉笑嘈雜的聲音，成群結隊的腳步聲越來越近，急驟敲響了死亡警鐘。

莊天然沒有放棄，「冰棍沒有瞬移，還有時間，去下一間教室看看！」

然而，下一間，甚至下下間，全是一模一樣的畫面，所有桌子都站滿了冰棍，雙眼發直地瞪著黑板。

「到底哪裡能躲？遊戲不可能設死局！」老陳焦躁地來回踱步。

此時，一個許久未開口的人說話了。F說：「也許，不一定是書桌，大白鯊這個遊戲，只規定鬼不能離開地面，沒說人一定要躲在書桌。」

老陳看了一眼F，陰陽怪氣地說：「大佬終於肯開金口了啊。」

F沒有回應，靜靜地看著教室窗外。

老陳知道，現在不是計較的時候，得先找到能爬到高處的擺設——但整間教室裡，除了桌子以外，只有椅子和四面牆壁。

熙地緊張地握住萬迷迷的手臂，萬迷迷吃痛喊了一聲，不悅地甩開，熙地趕緊道歉。

莊天然聞聲看向萬迷迷，萬迷迷問：「爬到椅子上行嗎？」

熙地搶答：「迷迷，之前指定遊戲的時候不是說了，『大白鯊，站在桌上就不能抓』，這、這樣是不是代表，我們只能站在桌上？」

眾人沉默。

事情再次陷入僵局，誰也不能確定站在椅子上是否能逃過死劫，又或者會全軍覆沒。

南同學扯了扯莊天然的衣角，「莊哥。」

「怎麼了？」莊天然正在思考爬上天花板的可能性。

「我從剛才就一直覺得……你有沒有覺得這幅畫面有點眼熟？」南同學指著站在桌上、面向黑板的冰棍，不太確定地說。

「抱歉，沒有。」自己應該是沒見過一群站在桌上的人。

李哥問：「F，你不是說不一定是書桌嗎？你看看，還有哪裡可以躲？」

F依舊凝視著窗外，說道：「講桌，不就是桌子嗎？」

眾人一愣，黑板前方確實有一張堆滿課本的講桌，然而……只站得下一個人。

他們才剛看向講桌，還來不及反應，一道身影奔馳而去，沿路甚至撞到了書桌椅，也沒有停下。

老陳爬到講桌上，氣喘吁吁地趴在桌面，緊緊抓著不放。

李哥傻眼道：「靠，剛才看他喘得要死，現在跑得比誰還快！」

「老頭！你給我下來！」劉馨雨罵道，說完就要去搶，被莊天然攔住，「現在不是爭執的時候，還有別間教室，一人一間正好……」

「來不及了。」F忽然說。

F指向窗台，只見窗外不知何時站滿了一排密密麻麻的冰棍，一顆顆頭趴在窗戶上，朝他們咧開了笑容。

「啊啊啊！」眾人驚慌地四處逃竄，冰棍們瘋狂嬉笑，將窗戶拉開一條縫，他們的手細長如紙，穿過窗戶伸向他們，手臂越來越長，越來越長——

南同學喘著氣，突然大喊：「上課了！」

氣氛凝結一秒，接著原本站在桌上的同學，竟然同時爬下桌，坐到椅子上。

眾人顧不得驚愕，見到有空位，趕緊爬上桌子。

冰棍的手在距離玩家零點幾公分處頓然停下，再也無法伸長，慘白的臉上露出失望怨毒的表情，細長的手在他們四周徘徊，像是極不甘心。

最後冰冷的手纏住坐上椅子的同學們，將兩眼發直的他們一個個拖出教室，這才離開。

「遊戲……結束了？」熙地經過剛才的鬼抓人，被嚇得不輕，臉色蒼白地看著萬迷迷。

萬迷迷抿著嘴，顫抖的手拿出口袋的鏡子，反覆撥弄劉海，檢查自己的妝容。

楊靈有驚無險地度過這一關，趺坐在桌上，掩面哭泣。

老陳看向南同學，比起鬆口氣，更多的是錯愕和質疑：「你亂喊什麼？他們怎麼會自己下去？」

他無法理解這樣毫無邏輯的破關方式！這關的解法明顯就是每個人各挑一間教室的講桌待著，為什麼這樣也能破關？

連南同學自己都傻住了，而被他抱著的桃桃誤以為大家在玩捉迷藏，開心地扯著南同學的頭髮，喊著要繼續玩，南同學這才回過神來，慌張地答道：「我、我只是覺得這個畫面很眼熟……你們不覺得這些人很像視聽教室裡的那些人嗎？他們一開始也都是站著，直到老師喊『上課了』，他們才坐下，所以我就想說喊喊看……」

經南同學這麼一提，老陳才怔然想起，確實有這回事。

李哥大笑道：「同學，你運氣不錯啊！我看你很有前途，不是有人說天才和笨蛋只有一線之隔嗎？」

南同學低頭，靦腆地笑。

「人家說你是笨蛋你還笑！光靠運氣有什麼用？一般人誰敢出聲叫他們『坐下』？根本是有勇無謀！像你這樣亂來，早晚會出事……」

「如果沒有他出聲，我們現在已經出事。」莊天然盤著腿，即便是坐在桌上，也依然保持正襟危坐。

李哥點了點頭，揶揄道：「是啊，而且，我說的天才是他，你才是笨蛋，哈哈！」

老陳啞口無言。

李哥又道：「而且眞要質疑，我才想問問你！你不是說自己才三十初，怎麼跑沒幾步就這麼喘？你這身體不行啊，看你一身專業運動服，我還以爲你是運動員呢。」

老陳淡淡道：「我是貿易商，這身衣服不是我的。」

「啊？那是哪來的？」

老陳雲淡風輕地說：「從一個死掉的玩家身上扒下來的，我本來穿西裝，不好活動。」

「靠！死人的衣服你也敢穿？」

老陳斂眸，看不清眸色，「爲了贏，我什麼都做得到。」

F站起身，抬腿一跨，連踏兩張桌子，來到莊天然隔壁桌。

莊天然微微抬眼，「有什麼事嗎？」

F眉尾下垂，溫馴得像隻家貓，「沒事，我只是想當你的隔壁同學。」

莊天然無語。這種令人匪夷所思的說話方式，真的讓他倍感熟悉……

F悄聲對莊天然說：「別被遊戲帶偏了，大白鯊並不是重點。重點是，要在這場遊戲中找到小Y。」

F的話點醒了莊天然，他們不只是要在這場「大白鯊」中生存，更重要的是要解開這次的案件。

莊天然看了眼牆上的鐘，正想開口時，突然，門口出現異樣——老師無聲無息地走進教室內，冰冷的聲音說道：「上課了。」

所有玩家僵住，沒人敢動。

老師怎麼會出現？怎麼這麼快就有新的關卡？

老師的頭宛如齒輪一般轉動，發出「喀喀」聲響，視線掃過所有人，「爲什麼不坐下？」

一語方落，距離老師最近的老陳趕緊想爬下講桌——

「老陳！等一下！」莊天然喊道，指向牆上的鐘：「還沒過一小時，大白鯊還沒結束！而且，他們說老師在三樓休息，怎麼會下樓？」

老陳冷汗直流，伸到一半的腳不敢落地，老師的眼神緊緊黏著他，他感到芒刺在背，糾結許久，最後還是信了莊天然，忍住沒有動作。

站在門口的老師突然嘻嘻笑了起來，鮮紅色的指甲往臉上刮，剝去了一層人皮，露出「同學」的模樣，「被發現了呢……差點就可以抓到人了……」

原來，是抓他們的鬼假裝成老師，想騙他們下桌子。

老陳雙腿發軟，差一點，老命就沒了。

但鬼並沒有離開。

她不停地剝著臉皮，連同頭皮和頭髮，剝了一層，竟然還有下一層……她剝成了一張光滑的臉，原本黑白分明的眼珠像是掉了漆，變成肉色，沒有嘴巴，彷彿服飾店的人偶。再仔細看，這層皮底下還有另一張臉孔在蠕動。

莊天然頭皮發麻，她的五官雖然模糊不清，外表的輪廓卻依稀能讓人認出來——她長得很像影片中被打了馬賽克的小Y。

小Y沒有嘴巴，口部的臉皮拉長又收縮，依然能夠發出怪笑：「嘻嘻，這次的遊戲沒有死人呢，好無趣、好無趣、好無趣……」

她不停重複著好無趣，並發出淒厲的怪叫，似哭似笑。

「我們繼續玩遊戲，一小時、兩小時、三小時，一直玩下去……」小Y邊說，牆上的時鐘瘋狂地轉動。

莊天然喊道：「不妙，遊戲被她延長了！這樣下去，永遠不會結束！」

李哥變了臉色，「我們下不了桌了？」

老陳說：「抓住她！只要抓住她，帶去給老師，這一關就結束了！」

但是，不能下桌，要怎麼抓住她？而且，條件還有一個——不能被她抓到。

莊天然和南同學對視，他想起南同學剛才的玩法，忽然想到一招。

莊天然對著小Y說道：「好，我們繼續玩遊戲！」

眾人嚇傻，「你瘋了……」

「壽星可以決定玩什麼，對嗎？」莊天然盯著小Y，「我們繼續玩大白鯊，這次，輪到我們當鬼，妳當人。」

小Y停頓，發出尖銳的笑聲，轉頭逃跑。

「追！」莊天然跳下桌，往外跑，F和南同學跟上，而其他人不敢落單，也紛紛跟上。

小Y跑上二樓，二樓的教室和一樓相同，也都站滿了人，小Y無處可躲，直到跑到走廊盡頭，停下來，背對著所有人。

「小Y不想輸……小Y不想輸……小Y不想輸……」小Y低著頭，做出像在咬指甲的動作，儘管她沒有嘴巴。她不停喃喃自語，聲音像是在笑，也像是在哭泣。

莊天然察覺不對勁，後退幾步。

小Y驀然轉過頭，手裡拿著一把割草用的鐮刀，原本膚色的臉皮漲成猩紅色，口部的臉皮上下拉扯，「你們都死了，小Y就贏了！」

小Y拿著鐮刀撲向他們，第一個針對的竟不是最前頭的莊天然，而是楊靈！

楊靈發出驚恐的尖叫，轉頭逃跑，一陣慌亂之中絆到劉馨雨的腳，劉馨雨扯住萬迷迷的衣襬，連帶勾著萬迷迷手臂的熙地也一同跌倒。

莊天然見小Y要攻擊楊靈，原本他離小Y最近，但他沒有趁機逃跑，而是擋在小Y面前，喊道：「南同學，快帶她們走！我殿後！」

他清楚知道，他們不可能跑得過冰棍，必須有人拖住她。

莊天然險險地閃過小Y從左方揮來的鐮刀，但沒想到，小Y的身體竟然像擰著的抹布般迅速扭回來，鐮刀再次從右側襲來，眼看就要將他攔腰截斷——

一瓶液體潑向小Y的臉，小Y發出慘絕人寰的叫聲，鬆開了手，鐮刀落在地上。旁邊還滾著一罐空瓶，是一瓶鹽酸。

老陳喊道：「趁現在！壓住她！」

莊天然沒想到老陳竟然會跟他一起留下來，他以為對方會選擇明哲保身。

老陳注意到莊天然的視線，淡漠地說：「別誤會，我說過，為了贏，我什麼都做得到。只要抓住她，這一案就結束了。」

莊天然和老陳雙雙壓制住小Y，小Y張牙舞爪地反抗，過程中甚至捏碎了老陳的手錶，但出乎意料地，小Y雖然力氣很大，身體呈現不自然地扭動，反抗的力道卻在他和老陳能夠控制的範圍，四肢也不像普通的冰棍一樣寒冷僵硬，頂多稱得上冰涼，壓著不會凍傷。

難道是因為破關條件就是抓住她，所以她才和其他冰棍不同？

莊天然心裡想著，但仍不敢大意。

老陳死死壓著冰棍，臉上布滿汗水，他視線一瞥，忽然間注意到莊天然的手腕，倏地瞠大眼，「你……」

這時，一條白色水帶扔下來，是F拉開走廊旁的消防栓，讓他們用水帶牢牢捆住小Y。

小Y一面尖叫掙扎，一面狂笑，淒厲得刺耳，「嘻嘻嘻！小Y輸了！小Y輸了遊戲！」

安置好其他人的南同學和李哥跑向他們，李哥焦慮地抽著菸，問：「現在是不是要把她交給老師？他們說老師在三樓？」

莊天然思索，「但他們說老師在休息，不能打擾。」

李哥皺眉，兩指挾著菸，將菸灰抖落在地，「難不成要等到他們上課？我們得帶著『她』走？我李哥雖然不挑，但這個我不行，打死我也不外帶！」

該把小Y安置在哪裡，確實是個問題。

「那個，好像不用煩惱了。」南同學指向地上的小Y。

小Y渾身抽搐，臉上蒙著的一層皮跟著顫動，眼窩的血窟窿流出血淚，被臉皮渲染成一片血海，「我不想輸……我不想輸……」

她的身體漸漸化爲塵土，消失在眾人面前。

「怎、怎麼回事？」老陳不停摸著地上殘存的灰燼，試圖抓住任何一絲線索。

莊天然蹙眉，喃喃道：「輸了遊戲的人，都會死。」

「她死了，我們要怎麼破關！不可能，遊戲不可能設定死局！」老陳揪住頭髮，無法接受冒死得來的是這個結果。

「有一種可能。」F說：「她不是眞正的小Y。」

眾人看向F，F蹲下身，指尖搓了搓灰燼，沒有多做解釋。

「我不信！不是說只要玩遊戲，小Y就會出現？而且她也說了自己是小Y！」老陳堅持從剩下的灰燼中找到答案，不斷撥弄著地上的餘灰。

南同學偏頭問道：「會不會她也叫小Y，但不是我們要找的那個小Y呢？」
老陳一頓，肅然道：「怎麼說？」
「我們班叫作『怡君』的同學就有三個耶。」
「……你再鬧我就揍你。」老陳發誓，他絕對不會再認眞參考這個傻子的意見！
南同學委屈地看著莊天然，「我每次都很認眞呀。」
莊天然無奈，拍了拍他的腦袋。只能說他奇葩的理論，一般人接受不了。
老陳指向莊天然，「說吧！你有什麼想法？」
莊天然怔了怔。他知道老陳看不慣他，怎麼會突然指名他？
「別裝了，我看見了，你的手上戴著被詛咒的佛珠，而且還戴了兩串！我本來以爲你是個逞英雄的傻子，現在我知道了，你不是傻子，你是眞的不怕死。」
被詛咒的……佛珠？
莊天然愣怔地抬手，看著手上的兩串佛珠。
這是室友送給他的，說是護身符，哪來的被詛咒？
莊天然說道：「這是護身符，不是詛咒，我室友送的。」
老陳道：「什麼鬼？你把這當護身符？」

「就是護身符。」

老陳看莊天然說得一臉認真，不似作假，噗哧一聲，哈哈大笑，「原來你根本不知道那是什麼！傻瓜，被人騙了還不知道！」

莊天然皺眉，罕見地動怒，室友絕不可能害他——

老陳斬釘截鐵地說：「這是破關後極低機率可能掉落的ＳＳＲ級道具，被稱作『被詛咒的佛珠』！據說掉落率比人人瘋搶的『保命符』還低，整個遊戲世界不到十個！雖然知道它的玩家不多，但還是有少數像我這樣的資深玩家聽說過——只要身上帶著這個佛珠，玩家破的所有案件都不算在十關內，永遠都離不開這裡！」

莊天然瞬間怔住。

只要戴著佛珠，就不能離開？

「送你的那個人，就是想把你永遠困在這裡！」

不可能，室友不可能這麼做。

Ｆ忽然握住莊天然的手，莊天然抽開手，戒備地想躲開，Ｆ卻再次緊抓住他，摩挲著他手上的佛珠，「老陳，別每次都把話說得太早，我聽說，還有一種玩法。」

Ｆ說：「據說，身上帶著佛珠的人，只要同時達成進入遊戲的三個條件，就會聚集到同一個主線關卡。雖然，所破的關卡不算在十關以內，卻是組隊練習的最好機會，你也知道，『人數』在遊戲中多重要，畢竟，在投票環節多一票和少一票，都可能是關鍵。所以，你怎麼知道，送他佛珠的人，不是爲了和他一起闖關，護著他成長呢？」

F鬆開了手，莊天然緊緊握著手腕上的佛珠，激動地發顫。

F和老陳的話讓他再次確認，室友一定就在這裡，成爲了「玩家」！

當初室友很可能就是因爲捲入某起懸案，被強制拖入這個世界，所以才會失蹤！室友從這裡把「佛珠」寄給他，就是最好的證明……只是，有兩個問題——

一，室友爲什麼將道具寄給他？難道室友早就知道他也會進入這個世界？

二，若室友將佛珠寄給他，是爲了要和他一起闖關，那室友呢？爲什麼他還沒遇見對方？而且……佛珠有兩條，難道，室友把自己的也寄給了他？所以才會遇不上對方？爲什麼？

莊天然內心充滿疑問，直到F的低語將他拉回現實：「不過，持有佛珠的人，未必都是善類，跟你一同進入關卡的，不一定都是好人……」

神祕的話語，帶著一絲詭譎。

這時，老陳的話打斷了兩人的對視：「F，你說的這個玩法，我好像在哪裡聽過啊……是不是那個有名卻神祕兮兮的自願者組織？你不會是那個組織的成員吧？」

F笑而不語。

「算了，自稱是他們組織的人太多了，誰知道是眞是假。」老陳聳聳肩，看向莊天然，用前輩的口吻說道：「算了，你就繼續作著『送你佛珠的人是爲你好』的美夢吧，說實話，要闖十關都夠難了，誰會願意不計次數陪一個人送死？你只是不想承認自己被信任的人背叛罷了。遊戲裡我見過太多反目成仇，偏偏就有你這種人不願接受事實，講了也沒用！」

莊天然抬眸，回視著老陳，直截了當地說：「老陳，我不知道你經歷過什麼，也不知道你見過多少人，但是，別用其他人的事，去判斷另一個人，每個人的性格、成長環境都不同，你認爲『理所當然』的事，未必是事實，別隨隨便便用一句話，斷定別人的人生。」

莊天然一字一句毫無猶豫，說得堅定，老陳微微瞠目，無可反駁。

「莊哥，你好帥哦！」南同學雙眼盈盈發亮，雙手握住莊天然的手，反覆摩挲著他的手腕。

莊天然：「……」比起膜拜，他的動作更像在幫自己洗手。

老陳垮著臉，擺了擺手，「咳，你愛怎麼想怎麼想吧！作爲一個剛得知自己前面破的關都不算數的人，你還滿冷靜的嘛！」

莊天然沉默。

等等，他現在才突然意識到，離開這個世界的條件是要破十關，但他從第一關就戴著佛珠，所以，這表示，他雖然已經闖了三關，但其實現在連「第一關」都還沒開始算？

南同學道：「不愧是莊哥！知道自己白玩了還能這麼淡定！」

莊天然心想：不是淡定，只是臉上無法表現出來。

他們回頭找被安置在樓梯的其他女生，桃桃正在數樓梯，熙地安撫著萬迷迷，萬迷迷愛理不理，而劉馨雨不知在叨唸著什麼，楊靈則安靜地低頭聽著。

她們見到莊天然幾人回來了，且無人傷亡，都鬆了口氣，眼裡隱約泛著淚光。

桃桃一蹦一跳跑向南同學和李哥，開心地說：「大哥哥，我數好了！有一百個樓梯！」

這層樓怎麼算也不可能有一百階樓梯，大概是她還不太會數數，每次教她的人都要她從一數到一百，所以不管她怎麼數，最後的答案永遠都是一百。

李哥搖頭失笑，「好，妳說了算！」

一行人下樓，往一樓走，目前整個校園稱得上安全的地方，恐怕只剩連接建築物之間的四條走廊，只有那幾條走廊才能讓他們在遇到危險時，逃到其他棟樓。

快到一樓時，萬迷迷來到莊天然身後，以只有兩人聽得見的音量，小聲地對他說：「我覺得劉馨雨有點奇怪，她剛才一直想拉我們上樓。」

04 真心話大冒險

到了一樓，站在可以通往其他棟樓的走廊，他們才稍微放下心，討論起剛才發生的事。

莊天然在思索萬迷迷說的話。

劉馨雨爲什麼要拉她們上樓？她們不是都知道，三樓有「老師」在休息，不能打擾嗎？

熙地站到莊天然面前，緊張地問：「剛才怎麼樣？你們抓到『小Y』了嗎？我們可以破關了嗎？」

莊天然回過神，搖了搖頭，「她死了。」

「死了？怎麼會！這樣怎麼破關？」

「目前懷疑小Y另有其人，或者不只一個。」

「怎麼會……什麼時候才能結束……」熙地雙腿癱軟，萬迷迷下意識接住她，反應過來後嘖了一聲。

莊天然環視著所有人，說道：「總之，需要更多線索，教學樓可能有我們需要的資訊，如果小Y是這裡的學生，她的教室、桌椅、學生資料等等，可能都是破案關鍵。」

劉馨雨搶話：「所以你現在是要我們去教室裡找線索嗎？你沒看到到處都是『那些東西』，你是要我們全部去送死⁉」

楊靈恐懼地瞠大眼，「不、不要，我不要……」

莊天然搖頭，「不，先不用進教室找線索。」

「那不然呢⁉」

「先把你們知道的事情都坦承公開。」

一語方落，所有人都愣住了。

莊天然抬眼，黑色的眼眸映照出四個女生不安的神情，平靜地說道：「我們不能被冰棍的『遊戲』帶偏了，最終目的，是要找出現實中謀害小Y的凶手。我們所有人，都是本案的嫌疑犯，現在，請交代對於這起案件的記憶。」

「你、你現在是把我們當犯人⁉」

「在案情明朗之前，任何人都有嫌疑，包括我自己。」

老陳在一旁聽了都不相信自己的耳朵。這是那個溫吞的濫好人？沒想到這小鬼頭強勢起來也是挺嚇人，對女孩子也沒有半點憐惜，像警察在審訊似地……

李哥嘖嘖稱奇，「狠，夠狠，所謂『我抓起犯人連我自己都懷疑』。」

出乎意料地，一直不太搭理人的萬迷迷，第一個配合開口：「看完那個影片後，我就想起來了，隔壁班四班好像曾經有個叫小Y的女生失蹤，這件事上過新聞。」

莊天然看向萬迷迷，「影片中霸凌小Y的人，妳知道是誰嗎？」

「影片太模糊，沒想起來，只記得霸凌她的人後來有被學校懲罰，不過，就算本來知道，遊戲也會讓我們忘記，但不能保證……我們當中沒人想起來。」萬迷迷抬眸，美麗卻銳利的眼眸瞟向其他三個女生。

「萬迷迷，妳少含血噴人！妳在學校那麼受歡迎，三班的人都聽妳的話，說不定妳就是霸凌的主謀！」

「呵，既然妳想起我是三班的，應該也想起其他事了？總不會只記得我一個人吧，我的美讓妳這麼難忘？」

「妳這女人！」

劉馨雨伸手想揪住萬迷迷的頭髮，被熙地出聲攔阻：「劉馨雨，妳冷靜點！」

「哈，林熙地，妳是她的狗嗎？滿嘴迷迷、迷迷，誰不知道妳怕一個人落單才總是拉著她，想靠她的美色抱那些男生的大腿？」

「妳！」熙地氣得眼眶都紅了。

萬迷迷冷冷地說：「不須要爲我吵架。」

熙地委屈道：「迷迷……」

萬迷迷說：「因爲妳們的話對我而言一點都不重要，浪費時間。」

熙地和劉馨雨：「……」

老陳和李哥早在女人互相廝殺的時候，便已默默退到牆角，只有莊天然拿著紙筆，站在原地，對眼前的景象毫無反應，面無表情地問：「萬迷迷說的對，既然妳想起她在三班，也想起熙地的本名姓林，應該還想起其他跟案件相關的事。如果小Y失蹤與妳無關，我保證妳身爲證人的安危，妳提供的證詞或許能讓我們盡早破案，也能盡早離開，對妳沒有壞處。」

劉馨雨咬著下唇，眼神猶疑，「對，我是想起來一些事，那又怎樣？她滾下去的事跟我沒關係！」

莊天然一頓，筆尖在紙上印出一團墨。

莊天然抬頭看著劉馨雨，「我們確實懷疑她失蹤是因爲跌落山谷……但影片裡，只有手機疑似掉落翻滾的畫面，她有可能是掉進坑洞裡、也可能是遇到其他危險，妳爲什麼能這麼肯定地說她是『滾下去』？」

彷彿，親眼見過一樣。

劉馨雨瞠大眼，腳跟下意識後退，「我沒有！我只是猜的！我什麼都不知道！」

「看來，沒辦法了呢。」F輕飄飄的聲音響起，像是音樂盒般輕柔愉悅，「妳腳上的是什麼？哦，是白色帆布鞋，24碼。」

莊天然低頭，看著劉馨雨腳上穿的帆布鞋，因爲是常見的鞋款，一開始沒有特別留心，但現在仔細一看，這隻腳似乎很熟悉，漸漸和影片中霸凌小Y的其中一隻腳重合在一起……

「不、不是我！真的不是我！這雙鞋我們學校很多人穿，對吧，萬迷迷？林熙地？楊靈？」劉馨雨一個個求助著身邊所有女孩，就連和她關係不睦的人都成爲她的救命稻草。

莊天然怔了怔。

凶手就是劉馨雨？破案了？不，不對，影片中還有另外三個人，不能就此斷定。

「噹……噹噹噹……」鐘聲響起，所有人倏地提心吊膽，肯定有事即將發生。

周圍再次傳來下課後人潮熙攘、嬉笑喧鬧的聲音，猶如錄音機循環播放，所有學生從教室裡魚貫而出。

一時之間走廊上人頭攢動，他們被大量冰棍包圍，雙腳被凍在原地，動彈不得。

「我們來玩遊戲吧！今天的壽星是誰？」

「是你嗎？」

「不是我啊。」

「是你嗎？」

「不是我啊。」

又來了！遊戲又要開始了！

走廊上忽然一瞬死寂，所有同學驀地扭頭看向劉馨雨，齊聲說道：「今天的壽星就是妳！」

劉馨雨不自覺尖叫一聲，抓住楊靈當擋箭牌，但被指名的她已無處可逃。

同學問：「要玩什麼遊戲？」

這回，沒等他們變臉，F率先道：「真心話大冒險。」

同學們露出大大的笑容，嘴角咧到耳邊，「真心話大冒險，人數，二十人，回合，每人一輪，時間，一輪問答各五分鐘，地點，103教室。」

說完，同學便轉身走進103教室。

他們趕緊跟著進去，座位已變了樣，二十張桌椅圍繞在教室的四面牆，排成口字形的模樣，中間被清空，只剩下一張桌子，桌子上擺著一把露出刀片的美工刀。

總共二十張座椅，右半邊的十個座位已經坐滿了「人」。

同學們低垂著頭，只能看見頭頂，看不清臉，從髮型判斷全是女生。

莊天然他們挑了剩下的十張座椅坐下。

所有人就定位，低著頭的同學們同時開口：「誰先開始？」

沒人應答。

就在莊天然打算接下這個任務時，F主動道：「我先吧。」

F起身，走向中間的桌子，四指扣住桌上的美工刀，拇指一頂，刀身連續轉了幾圈，沒人注意到F收手時，小指輕輕撞了一下刀柄，最後，刀子緩緩停下，刀尖指向劉馨雨。

劉馨雨瞳孔一縮，呼吸差點停滯，她看著F，只能安慰自己，至少轉到她的是自己人，不是冰棍。

F問：「眞心話還是大冒險？」

劉馨雨照著F之前的提議，說道：「眞心話。」

只要一直選眞心話，就不用經歷大冒險，不會有危險……

F說道：「妳霸凌過別人嗎？」

劉馨雨霎時渾身震顫，難以置信地看著F。

F親切地道：「沒有聽清楚？須要我再重複一次嗎？」

劉馨雨不斷發抖，嘴唇直顫，說不出半句話。

F指尖輕輕敲了敲桌面，一下下敲得劉馨雨心驚膽顫，「爲什麼不敢答？莫非是怕，小Y就在旁邊？」

劉馨雨崩潰大哭。

F看了看牆上的鐘，友善地提醒：「妳還有兩分鐘。」

「嗚……嗚嗚嗚……我不記得了！我眞的不記得了！我、我只記得，自己的確踢了兩腳，然後，她逃跑，然、然後，我聽到尖叫聲，她從山上滾下去了……我、我眞的沒有想到會這樣！是她自己掉下去的！嗚嗚嗚……」

劉馨雨全招了，涕淚縱橫的表情不似做假，在眞心話大冒險中，也不能推託或造假，否則會被判定輸家。

莊天然想，F就是爲了逼出口供，才提議玩眞心話大冒險嗎？

他面色凝重，陷入沉思。

這時，坐在最右側第一個的女同學突然出聲：「換我！換我！」

她站起身，走向中間的桌子，轉動刀片，只見刀身轉了幾圈，停下。

——竟然剛好又轉到劉馨雨。

劉馨雨全身縮在椅子上，雙手十指交握，不知是在祈禱，還是這個姿勢才能讓她感到安全。

同學笑咪咪地問：「妳覺得在場哪個男生比較好看？」

劉馨雨愣了愣。

就這麼簡單？聽起來是個再常見不過的問題。

劉馨雨一時不能判斷是不是陷阱，但時間一分一秒地流逝，看著同學臉上漸漸失去笑容，她趕緊回答：「F、F。」

雖然看不見F的臉，但就身材和氣質而言，F比較偏向她的菜，儘管F相當討人厭。

李哥忍不住出聲，踢了踢桌子，「喂，不是吧？小馨雨，怎麼投給一個看不見臉的？怎麼看也應該是……唔！」

莊天然擔心李哥出事，趕緊封住他的嘴。

李哥不知危險，還在「唔唔唔」地較真。

同學再次揚起笑容，就這麼回到座位，繼續低著頭。

幾次安全過關，讓劉馨雨鬆了口氣，她略微放鬆地靠在椅背，甚至有餘力朝旁邊的楊靈笑了笑，「很簡單嘛。」

「換我！換我！」相同的台詞響起，起身的是坐在右邊第二個的同學，但當她抬頭時，眾人才發現——她和上一個人長得一模一樣。

一時之間，他們以為是剛才的人又玩了一遍，但她們根本坐在不同座位。

第二個同學轉動刀片，這次，刀尖再次指向劉馨雨。

劉馨雨僵住了。

同學揚起同樣的笑容，以同樣的語氣問道：「妳覺得在場哪個男生比較好看？」

又是一樣的問題。

劉馨雨照著剛才的模式回答：「F。」

——但事情逐漸變得詭異。

第三個同學、第四個同學、第五個同學，每一個人，都轉到了劉馨雨。

劉馨雨一次又一次回答相同的問題，她越來越害怕，不知是自己神經過敏還是第六感，她總覺得有不好的事要發生。

是因為這些怪物動作都一樣，才會都轉到她，還是她、她被針對了？

經過十輪的煎熬，總算來到最後一個同學。

最後一個同學笑臉盈盈地說：「好無聊，問點不一樣的吧。」

劉馨雨神情惶恐。

最後一個同學指著其他九個和她長得一模一樣的人說：「妳覺得我們誰比較好看？」

劉馨雨恐懼的眼淚奪眶而出。她終於懂了，爲什麼冰棍一直轉到她，還有爲什麼上一場大白鯊遊戲，小Y會第一個殺楊靈，因爲，該場遊戲被冰棍指定的壽星，都必須去死……

同學跳針似地重複：「我們誰好看？我們誰好看？我們誰好看？」

劉馨雨害怕地說：「都、都好看！」

同學突然盯住她，瞳孔緩緩放大，說道：「妳發現了？我們長得一模一樣。」

劉馨雨渾身發寒，一股冷意由下而上竄起。

同學拿起桌上的美工刀，一步，兩步，慘白的臉孔越來越靠近，死氣沉沉的眼瞳緊盯住劉馨雨的雙眼。

劉馨雨從椅子上跌了下來，不停往後爬：「我、我選大冒險！我要選大冒險！」

同學停下動作，咧開尖牙，眼睛笑得彎彎，彷彿聽見等待已久的答案。

「妳從頂樓跳下去吧。」

劉馨雨瞠目，拚命搖頭，「不要、我不要……」

同學抓住劉馨雨，將她拖出門外。

「不要、不要！救我！救救我！」

莊天然立刻起身，準備出手，衣角卻被人抓住。

攔住他的竟是坐在身旁的桃桃。

桃桃不安地眨著眼睛，小聲說：「哥哥，不要過去。」

莊天然以爲她是害怕一個人，說道：「我馬上回來。」

桃桃搖頭，指向教室內側的窗戶，由於窗外是漆黑的濃霧，因此玻璃上清楚倒映出每個人的身影，「那個姊姊，好奇怪，她沒有頭。」

莊天然看向窗戶，玻璃上的倒影只有那一排同學和劉馨雨沒有頭，看起來就像一群穿著相同制服的人偶。

莊天然瞳孔一縮。

她不是人？

坐在莊天然右邊的李哥聽見他們的對話，拳頭擊了下掌心，「啊，我就想說奇怪，那個觸感是怎麼回事，原來是這樣啊。」

「觸感？」

「是啊，剛才下樓的時候，我跟她聊了一會天，安慰她一下，手不小心放在她肩上，凍死我了。」

「……」這種事還能不小心嗎？

李哥皺眉，「我不會是搭訕了一個死人吧？」

莊天然無話可說。

劉馨雨到底是什麼時候……她從一開始就是冰棍？還是……

「從她進體育館那一刻就無法挽回了。」坐在李哥右側的F徐徐開口：「你怎麼知道，從一樓走出來的是她本人，還是別的東西？」

莊天然愣怔。

同學們已經輪完一遍，接下來輪到玩家們，眾人如釋重負，因爲接下來只要稍微控制力道，把刀尖指向其他玩家，問一些無關痛癢的問題，就能安全下莊。

由於剛才都是按照座位的順序逆時針輪流，因此下一個輪到南同學。

南同學慌慌張張地走到中間，迅速轉動刀身，轉完後立刻縮手，彷彿刀柄有毒似地。刀身連續轉了數圈，最後，筆直地停在其中一個冰棍面前。

「……」教室內頓時靜得連一根針掉在地上都聽得見。

老陳碎嘴：「靠！他是白痴是不是？幹嘛那麼認眞轉！」由於四周太安靜，坐在同一側的玩家都聽得一清二楚。

南同學淚眼汪汪地抬頭，朝莊天然露出可憐又無助的眼神，彷彿剛出生抖著腿的小鹿。

莊天然對著老陳說：「我見過你面對冰棍，也是一直發抖。」

老陳道：「那又怎樣？你想說什麼？」

莊天然面無表情，「所以，他因爲緊張發抖，不小心轉過頭，也是情有可原。」

老陳：「……」原來你是想替他說話？爲什麼表情這麼嚴肅！

南同學支支吾吾，手足無措。

在場所有人都知道，問冰棍問題就像玩碟仙，如果問錯問題，即使是一個再普通不過的題目，也可能激怒冰棍，當場翻臉屠殺。

讓冰棍去玩大冒險就更不用說了。

但，還沒等南同學開口，被指名的同學突然激動地站起身，嗓音異常尖銳刺耳，癲狂笑道：「輪到我了！終於輪到我了！嘻嘻嘻！我要玩眞心話！」

她一面說，一面用指甲刮著臉，一層層臉皮被她硬生生剝開，越剝越平滑，眼珠的黑白色隨著她的動作剝落，變成肉色，嘴唇被剝了下來。

熟悉的動作、熟悉的聲音和面孔，她是本來應該已經被殺死的小Y！

小Y彷彿毫無之前的記憶，一如先前般嬉笑著加入遊戲，玩家們雖然震驚，但在這個世界，冰棍死而復生並不是多稀奇的事。

這表示，小Y雖然能夠被殺，但永遠殺不完。

無時無刻，無所不在。

南同學震驚地看著小Y，躊躇半天，時間一分一秒過去，眼看五分鐘即將到來，小Y明顯越來越亢奮，不停尖叫怪笑，幾乎按捺不住地伸出尖銳的指甲，最後倒數五秒鐘，五、四、三……

南同學忽然想到什麼般，連忙問：「打擾了，請問……妳是幾點幾分幾秒出生的呢？」

現場再次陷入寂靜。

幾點幾分就算了，幾秒出生這種問題，誰答得出來？

就算是鬼也不能。

老陳差點拍桌，「你問這是什麼鳥問題！」

小Y定格許久，像是沒了發條的人偶，眾人如坐針氈，心想：難道這樣就能過關？

直到時間剩下一分鐘……小Y忽然動了，推了推鼻梁，這個動作讓莊天然皺眉。

小Y大喊：「大冒險！我要大冒險！」

果然，沒那麼輕易結束。

南同學的反應卻出乎眾人意料，他露出鬆了一口氣的表情，彷彿這才是他要的答案。

南同學撓了撓臉，說道：「那個，不好意思，可以麻煩妳跟我去找老師嗎？」

眾人啞口，尤其是老陳，嘴張得可以放下雞蛋。

他們突然醒悟，原來還有這招！只要這樣，就能把小Y「交」給老師！

老陳覺得自己一定中邪了，不然怎麼會覺得這小鬼頭的奇葩玩法也挺神的……

然而，事情並未如眾人所想地發展。

小Y竟然撲向南同學，發狂地大喊：「不要！不要！不要！我不要去找老師！」

南同學連忙後退，小Y沒有襲擊他，而是拿起桌上的美工刀，一把捅入脖子。頓時鮮血噴湧，小Y抽搐倒地，最後沒了動靜。

同學們紛紛起身，神態冷漠，看也沒看地上死去的同學，靜靜地說：「遊戲結束了，真無趣。」說完便走出教室，消失在走廊。

南同學愣怔地看著地上的屍體，問道：「找老師有這麼恐怖嗎？」

眾人：「……」是挺恐怖的。

「好了，不用玩了！現在人又死了！這樣是要怎麼『交作業』？」老陳焦躁地耙了耙頭髮。

「別抓了，注意髮際線。」李哥說道。

「……就說我沒那麼老！」

莊天然蹲下身，檢查小Y的遺體，神情有些嚴肅，「我們可能找錯方向。」

「怎麼說？」老陳收斂起神色。

「還不確定，得查證。」莊天然拔出小Y脖子上的美工刀，被鮮血濺了一身，依舊面不改色，其他人早已閃得老遠。

莊天然摸著小Y的臉皮，半透明的臉皮底下隱約能看見另一副五官，甚至還有睫毛。

看來不是錯覺。莊天然心想。

「小Y不是一個人。」莊天然說。

「這誰沒看出來？她有好幾個分身嘛，這對冰棍來說很正常……」

「我的意思是，小Y是由很多人扮成的。」

「什麼？」

「人在焦慮時，會不自覺做出習慣動作來緩解焦躁，但是，上一場遊戲的小Y和這個小Y，下意識做出的習慣動作不同。一個會咬指甲，另一個則是推眼鏡，所以，她們可能是不同人。」

「你想多了吧！她們又不是人，只是遊戲的產物而已，哪有什麼習慣動作？而且，什麼咬指甲、推眼鏡……她們根本沒有嘴巴和眼睛！」

「所以，我懷疑……」莊天然神色黯淡，眸底有著深深的憐憫，對著地上的小Y說了一聲：「失禮了。」

接著拿起美工刀，劃開她臉上的人皮。

底下露出了另一張布滿縫線的臉，像是被拼起的破布，這張臉，竟然屬於已經死亡的玩家——齊峰。

「怎、怎麼回事？怎麼是他！」老陳倏地退開，無比震驚。

「他應該是被這個世界操控了。」臉上那些縫線，是他炸碎的屍體被縫起來的痕跡，也是控制他的枷鎖。

齊峰的眼睛和嘴巴都被針線縫住，只能發出嗚咽，縫上的眼皮流出血淚。

莊天然這才意識到，他們之前看見小Y的臉皮漲成紅色，其實並不是變異，而是裡頭堆積的淚水，還有那些似哭似笑的聲音，是臉皮和縫線強迫他大笑，而真實的他在哭。

莊天然小心翼翼地割開齊峰眼睛和嘴巴的縫線，發現他的眼窩裡沒有眼球，只剩兩顆血窟窿，嘴裡也沒了牙齒，顯然已不是活人。

老陳倏地退得更遠，生怕他變異，「喂！你快離他遠一點！」

莊天然沒有理會老陳，閉了閉眼，儘管素昧平生，仍於心不忍。

一道極微弱的聲音傳入莊天然耳中，齊峰乾癟的嘴唇一開一合，說著模糊不清的低語。

莊天然湊近他嘴邊仔細聽，看得老陳心驚膽戰，彷彿下一秒莊天然的臉就會被對方咬下一大塊。

莊天然耐心聽了一會，才聽懂齊峰說的似乎是：「小Y……在你們……之中……」

他怔住，還想問些什麼，低頭卻發現齊峰的身體已經煙消雲散，遺留一地骨灰。

小Y在你們之中？

莊天然將這句話告訴其他人，所有人反應很大，議論紛紛。

熙地震驚道：「小Y不是冰棍嗎？」

萬迷迷瞇了瞇眼，「我聽說有時死者也會以玩家的身分進入遊戲，但通常一進關卡就會死。死者的作用不是還原案件、提供玩家線索而已嗎？怎麼可能跟我們一起闖關？」

老陳沉默一會，說道：「確實，死者進入遊戲的第一關，就是重新上演一遍案件的內容。不過，也有極少數玩家逃過初始關卡的例子。畢竟死者也是玩家，如果運氣好，或者實力強的話，不是沒可能逃過開局的死亡。聽說只要過了開局，死者就能融入玩家，直到想起自己的身分爲止，不過，最終也是要死的。」

楊靈恐懼道：「我、我們之中有人註定要死？」

莊天然再次想起田哥，不禁握了握拳。

他無法阻止已經發生的案件，唯一能做的，就是替這些無辜的受害者找出眞相。

老陳陰沉著臉，看向三個女生，「顯而易見，我知道小Y是誰了——就在妳們三個當中。」

她們三個同校，又與霸凌案有關，更重要的是，小Y確定是女生。

排除年紀不到五歲的桃桃，她們三個是唯一的可能。

熙地臉色蒼白，不甘心地喊：「你、你不是說，遊戲不會這麼明顯地提供性別的線索嗎？這樣不就只有我們女生有嫌疑！」

「那是指『能夠左右遊戲結果的線索』，找出死者是誰，對結果不會產生影響，因爲，死者本來就會死。」

熙地、萬迷迷和楊靈都露出了懼色，彷彿在對方眼中，自己已成爲死人。

「我們……有人死了？」楊靈看著萬迷迷和熙地，三人的臉上都充滿惶恐與不安。

誰才是那個死者？

熙地猛地抓住萬迷迷的手臂，「迷迷絕對不是小Y！你們看到影片了吧？迷迷那麼受歡迎，怎麼可能是被霸凌的小Y？而且，他們還笑小Y很醜，迷迷有可能被說醜嗎？」

萬迷迷美眸圓睜，有些意外。在嫌疑人只剩她們三個的情況，這個人先想到的不是替自己辯駁，而是將她排除。

不過，她把她抓痛了。

萬迷迷冷淡地抽開手，從包裡拿出粉餅補妝，一副事不關己的模樣。

老陳見萬迷迷一臉無關緊要，心裡鄙視地呿一聲，「那可不一定，美女容易招人嫉妒，或者追求不成、由愛生恨也有可能。」

萬迷迷照著鏡子，抿了抿艷紅的唇膏，「對，如你所見，我受歡迎，也確實招人嫉妒，說實話，有沒有遭受霸凌，我沒有記憶。」

萬迷迷闔上鏡子，抬眼看向老陳，「但以我對自己的了解，我不會任人擺布——例如現在，你想把髒水潑到我們身上，逼我們說出案件內容，沒有可能，換個說話方式再來。」

「迷迷！妳眞是太帥了！」熙地滿眼崇拜，撲到萬迷迷身上，被萬迷迷閃開了。

莊天然心想：熙地這個行爲模式怎麼好像有點眼熟……

「我們莊哥才是最帥的！」南同學撲到莊天然身上，莊天然接住他，無奈地拍了拍他的頭。

啊，對，就是像他，跟隻大狗似地。

南同學沒有被拒絕，得意地朝熙地眨了眨右眼。

熙地毫不介意，現在一心只想爲萬迷迷和自己護航：「總之，我總是跟著迷迷，她有沒有被霸凌，我最清楚！而且就算有，我也一定會幫她出氣的！迷迷對我也是這樣，對吧？」

萬迷迷冷血地說：「抱歉，粉絲太多，我對妳沒印象。」

熙地：「……」

老陳思忖，幽深的目光看向楊靈，「不過，目前這樣看來，楊靈的確更像被霸凌的那個，畏畏縮縮的。」

楊靈身子一抖，幾乎要哭出來，「我、我死了嗎？」

「我們能不能換個想法啊？一直說我們身邊的人其實是死人還挺可怕的。」南同學搓了搓手臂，「就不能想，排除那些可能是死者的人，剩下誰是凶手，範圍不就縮小了嗎？」

老陳沒想到這層思路。

他抓著線索不放，卻忘記最重要的目的，或許，只有像南同學、莊天然這種天眞的，或不顧闖關，眞心想解決案件的人，才能想到這種思路……

老陳眉頭深鎖，罕見地認眞參考南同學的看法，「所以你覺得誰可能是兇手？」

南同學搖頭，「我不知道耶，我知道的話不就破關了嗎？」

老陳：「……」沒用的東西。

「小Y是怎麼死的？」F開口時，沒人發現他是何時出現在莊天然身後，F撥了撥莊天然的手臂，像在拍灰塵。

莊天然困惑地抬手，沒發現有髒污。

F說：「碰到髒東西了。」

莊天然一臉茫然。

老陳問F：「你忽然問這個做什麼？她不就是摔死的嗎？」

「我是說，她是如何被兇手殺害？從影片中看來，她是失足跌落山谷，若眞是如此，那麼這起案件就是意外，霸凌者屬於間接傷害……但是，既然來到這裡，就不可能是意外。」

F面向三名女生，即使沒有露出半分容貌，依然讓人感受到強烈的壓迫感，「也許，這個影片還有後續，或許兇手發現摔下去的小Y沒死，怕她回去告狀，因此殺了她，並且棄屍山林。如此一來，兇手，很有可能就是霸凌者中的一個。」

老陳的視線在女生之間游移，「你是說，不只是劉馨雨，她們之中，還有人可能是霸凌者？」

三個女生妳看我、我看妳，誰也不相信對方可能就是死者或加害者，三分之二的機率……實在太高了，別說熙地和楊靈，即使是鐵石心腸的萬迷迷，也不可免地害怕起來。

「不過——」F話鋒一轉，突然道：「我沒說凶手一定在她們三人之中。」

老陳意外，「什麼？」

「一開始的影片，已知霸凌者總共有四個人，一個是拍攝影片的人，一個是拿手電筒的人，兩個是欺凌小Y的人，總共是兩男兩女。」

老陳忍不住打斷：「等下、等下，你怎麼知道是兩男兩女？他們的頭都被打馬賽克了啊！沒有髮型跟衣服，根本認不出是男是女……」

F說道：「拿手電筒的人被拍到了頸部，從頸部的寬度和喉結大小判斷，可以知道是男性。至於拍攝影片的人，從她說出『討厭啦』這句話的用詞和語氣，大概可以推斷是女性。最後欺凌小Y的那兩雙鞋，白色球鞋是男款，腳長估計三十公分，另一隻白帆布鞋是女款，估計二十四公分，因此可以得出兩男兩女。」

老陳啞口，「畫面那麼晃，而且只看過一次，你是怎麼注意到這些東西……」

「那個，我有問題。」南同學舉手，偏頭道：「可我是男的，我也會說『討厭啦』耶？」

眾人：「……」

「哈、哈哈哈！」老陳大笑出聲，眾人意外老陳這次竟然沒有罵南同學，甚至還開懷大笑，接著便聽見老陳說：「這麼說，我可以排除嫌疑了吧？影片裡那些都是同期生，我都三十幾了，你們搞清楚啊，到時投票可別投我！還有……」

老陳看向南同學，露出洋洋得意的表情：「有人自爆了，你們還沒發現嗎？」

所有人明顯一愣，不明白老陳在說什麼。

「按照F的分析，現在線索很明確，凶手是學生，可能有男有女，所以，除了萬迷迷、熙地、楊靈這三人以外，還有一個人有重大嫌疑……就是你，南同學！」

南同學眨了眨眼，一臉不明所以，「嗯？」

「南同學，雖然她們幾個好像不認得你，但不代表你就一定不是同校生，相反地，越是跟案件密切相關的人，越容易被遊戲消除記憶。而且，你剛才不也說了嗎？你也會說『討厭啦』這句話……說不定，拍影片的那個人，就是你。」老陳盯住南同學，像是鎖定了無法逃脫的白兔，眼裡除了有挖掘真相的興奮，還有一絲迫不及待和即將破關的激動。

眾人倒抽一口氣。

氣氛僵持之中，教室內忽地震動，燈管啪滋啪滋地閃爍。

「嗶……嗶……嗶……嗶……嗶……」鮮明而刺耳的嗶嗶聲穿透耳膜，熟悉的場景令眾人很快反應過來——是進入投票箱的提示音。

老陳大笑，「居然這麼剛好進入投票了？這代表我們接近答案了吧？」

所有人看向南同學，表情從不敢置信變成質疑和恐懼。

南同學像是現在才反應過來，雙眼圓睜，隔著鏡片都能看出他眼底的楚楚可憐，「不是、不是，凶手不是我，莊哥，我是無辜的，你要保護我呀！」

南同學握住莊天然的手，莊天然雖沒有閃躲，卻近乎冷酷地道：「在沒有證據的情況，我無法替你說話。」

即將面臨投票，任何一個證詞都相當重要，都可能決定一個人的生死。

南同學垂下腦袋，一臉滿滿的委屈。

莊天然又看向老陳，「但是，沒有確實的證據就將人定罪，也是一種謀殺。」

老陳頓時啞口無言。這個臭小子，說什麼沒辦法幫那個小鬼頭說話，但分明就是在替他說話……

燈光「啪！」一聲，霎時全滅，周圍聲音消失。

當光線再次亮起時，莊天然看見面前有一盞吊燈和桌子，桌子上擺著黑色箱子，旁邊有個沙漏。

莊天然走到箱子面前，桌上一如既往擺著遊戲說明，以及一疊象徵每個人身分的紙牌。

莊天然拾起說明，規則寫著：

一、最高票者，死亡。

二、誤投致玩家冤死者，死亡。

三、平票，全體一致，存活。

四、零票，全體棄權，存活。

規則沒有改變。

莊天然再拾起一旁的紙牌，這回紙牌上印的是童話繪本風格的卡通圖案，看似充滿童趣，實則讓人背脊發涼，畢竟每一張背後都代表著一條人命。

第一張身分牌是隻灰色的藏狐，一雙毫無靈魂的瞇瞇眼，面無表情，頭上戴著警帽。

莊天然沉默，往右上角一看，這張身分牌果不其然寫著——「警察」。

「……」自己長得跟這個很像嗎？

接著他又翻開第二張牌，是一個站在頭骨上的公主，穿著華麗的洋裝，彷彿精緻的洋娃娃，右上角寫著「小女孩」。

第三張牌，是一個穿著鎧甲的騎士，腳下是一片沾滿血的刀海，而他有鎧甲的防護，無須擔憂，右上角寫著「夜班管理員」。

第四張牌，是一個穿著黑袍和黑帽的大祭司，正向廣大人民布法，不知是祝福還是詛咒，降臨在每個人身上，右上角寫著「正職人員」。

「……」某種意義而言，大祭司確實是正職人員沒錯。

第五張牌，是一個穿金戴銀的富商，大笑著坐在寶箱之中，手裡持著他的財寶，只是那些財寶都是人骨，右上角寫著「貿易商」。

莊天然心想，原來那時不輕易洩露個人資料的老陳刻意提起自己是貿易商，就是爲了暗示自己的身分，讓人在投票環節不會選他，畢竟目前整起案件的所有線索都和校園有關，與貿易商毫無關係。

第六張牌，是一個國王，一派從容地坐在王位，單手將半截面具覆在臉上，只能見到他唇角勾起幽深的笑容，右上角寫著「大學生」。

「……」他只是隻藏狐，混得比大學生還差……話說回來，只有他一個人是野獸是怎麼回事？

然而剩下最後三張牌，讓事情變得越發詭異。

最後三張牌，長得一模一樣，都是音樂盒上跳著芭蕾舞的人偶，底下有隻殘缺不全的手正在轉動發條，右上角寫著「高中生」。

這三張相同的卡牌，很顯然是指萬迷迷、熙地和楊靈三人，即使有人想投她們其中一人，也不知道要投哪一張——簡直就像他們進入投票箱前的情況，三人都有嫌疑，分不出誰才是凶手。

看來，這些身分牌會依照他們目前解案的程度，來決定提供多少資訊，不會給太多額外的線索。

雖然沒有得出新的資訊，但莊天然鬆了口氣，既然三張牌一模一樣，就不可能有人拿命去盲投，也就是說，不用擔心有人在投票環節受害。

沙漏時間結束，場景復原，眾人回到教室，各個灰頭土臉，本以爲遊戲可以提前結束，但現在看來是不可能了。

接著所有人不約而同看向莊天然，表情一言難盡，甚至還聽到有人小聲地說：「雖然本人比較好看，不過眞的好像……」

莊天然：「……」

老陳指向南同學，「該死！你不是高中生嗎？你早就超過十八歲了？那些身分牌不都是十八歲以上才能做的工作嗎？我還以為投完票就能結束了！」

南同學撓了撓臉，「確實很多人誤會我還是學生，別看我這樣，好歹也是個管理員……」

「我剛才懷疑你的時候，你怎麼不說！」

南同學尷尬地說：「我嚇到了……」

自己被自己玩死的最佳例子。

莊天然心想：幸好剛才投票前南同學的身分引走了風頭，其他人才沒有把目光集中在三個女生身上，如果她們受到逼問，說不定會出現新的線索，身分牌就不會三張都相同，她們之中可能有人會因此得票。

不過，經過投票環節，她們的嫌疑比原本更大了。

如同老陳所說，除了高中生和小女孩的身分牌以外，其他人的身分幾乎不可能是未成年，也就不可能是影片裡的四人之一。

「好了，妳們幾個！到底還知道多少線索？快點全部交代！別逼我動手！」老陳說著威脅，實際上已經動手，他一面吼著，一面抓住楊靈，打算從她先下手。

楊靈發出尖叫，抖得連劉海都在發顫。

莊天然抬頭，下定決心，正要走到三個女生面前——

「然然，有些人，並不如表面看來無害。」F拉住莊天然，將他拉到自己胸前。

莊天然停頓一會，心中浮現一個從開局便持續懷疑的想法：果然不是錯覺，這個似有若無的熟悉感，總讓他想到一個人——封蕭生。

「你想對莊哥做什麼！」南同學闖入兩人之間，F很快鬆開手，退到一旁，莊天然則是閃避不及，被南同學撞了滿懷。

南同學緊緊抱住莊天然，不滿地說：「這個人很愛動手動腳耶。」

莊天然無奈地看著被攬住的腰，心想：你沒資格說他吧。

就在莊天然、F和南同學發生鬧劇的這幾秒鐘，熙地揮開老陳的手，擋在楊靈面前，不滿地道：「爲什麼我們一定有人是凶手!?」

老陳冷笑，臉上已經明顯失去耐性，「哈，妳還想掙扎嗎？身分牌已經很明顯了！」

「就算身分牌寫的不是高中生，也有可能是有人去打工啊！」

「小鬼頭，妳還沒出社會，不了解吧？我不是說了，正職人員、警察、貿易商、管理員和大學生，這些通常都是年滿十八歲才會有的身分！妳還想狡辯嗎？」

熙地不自覺越聽越往後縮，但她甩了甩腦袋，努力甩開畏懼，牢牢握住萬迷迷和楊靈的手，「不行、我覺得不對，我們再找找線索！不是還不能確定小Y是怎麼死的嗎？如果小Y根本不是死於霸凌，是不是凶手就不一定指向高中生了？難道沒有可能她在山上遇到了其他人嗎？」

莊天然微微瞠目。確實還有這個可能！

莊天然雖然並未將凶手只鎖定在她們三人，但影片中確實也沒有其他線索，現在熙地提出的想法，無疑為案件提供新的方向，沒想到在如此不利的情況，她還能想出這個可能。

老陳的心情卻與莊天然相反，他的臉色極為難看，恨不得現在就離開遊戲，「別亂說話！影片給的線索就是這些，像妳這樣隨便猜測，豈不是什麼事都有可能發生？」

熙地反駁道：「老頭，你這麼激動，是不是你才是凶手！誰知道你是不是會對高中生下手的變態！」

老陳說：「什麼？我怎麼可能對小鬼頭感興趣？我又不是姓李的！」

李哥插話：「喂喂，關我什麼事，別拖我下水啊，我只是喜歡制服而已。」

莊天然看著面前的人吵得不可開交，心中卻在思考另一件事，他轉向同樣身為局外人的南同學，問道：「一般來說，在不屬於自己的關卡，有可能連續兩關都遇到同一個玩家嗎？」

「咦？我沒聽說過耶，十關之內能遇上相同的人兩次就很神奇了，除非……對方是跟你的案件牽扯很深的人吧？不過，通常遊戲也不會這樣安排就是了，這樣不就馬上能猜到誰跟自己的案子有關嗎？啊，對了，還有一個可能，就是用了老陳他們提過的『佛珠』？」

莊天然低頭看向手腕的珠子，沉默不語。

「莊哥，你沒事吧？」

這時，教室門口傳來一聲輕響。

這聲近乎輕不可聞的聲響，瞬間讓教室內的一切吵鬧靜止。

——老師不知何時站在門口。

05 娃娃

「現在宣布投票結果。」老師臉色蒼白如紙，冷漠地道：「零票……零票……零票……零票……」

異常緩慢的報數，就連身經百戰的玩家聽了都發毛，彷彿銳利的刀片遲遲不落下，一劃又一劃磨著脖子。

「……零票……零票。」

報數終於結束，如莊天然所預測，沒人投票。

眾人鬆了口氣，而老師轉身離開──

「老師！」

誰也沒料到，熙地竟然叫住了女鬼。

她緊握著萬迷迷的手，肉眼可見地不斷顫抖。

萬迷迷震驚道：「妳做什麼!?」

「迷迷，我一定會證明，我們都是無辜的！」

萬迷迷拚命想抽開手，「妳要死就自己去死，放開我！」熙地卻似乎聽不見，心跳聲大得幾乎震破耳膜，因爲恐懼而死死抓著萬迷迷不放，嗓音直顫地問道：「老、老老師，妳知道小Y是怎麼死的嗎？」

「閉嘴！」老陳面露驚恐，卻已經來不及阻止——熙地問了禁忌的問題。絕對不能問一個鬼，是怎麼死的。

「小Y是怎麼死的……小Y是怎麼死的……小Y沒有死！把小Y帶來給我！」老師突然發狂，眼球突出，流出血淚，幾乎眨眼間衝到熙地面前，乾瘦的手指狠狠掐住她的脖子。

「呃、呃！」熙地喉頭發出哽住的聲音，頸部隱約傳來「喀喀」兩聲，極端恐懼且面對死亡之際，人的第一直覺反應通常是緊緊抓住旁邊的東西，作爲唯一的浮木——但這一刻，熙地竟然下意識地將萬迷迷狠狠推開……

萬迷迷向後摔倒在地，一時愣怔，無法反應過來發生什麼事。

老師速度極快，宛若蟒蛇爬行，一下子將熙地拖出門外，莊天然一個箭步追上，只來得及看見熙地被拖行的雙腿消失在樓梯轉角。

莊天然跑向樓梯，在上層的台階看見熙地的一隻鞋，可見她們是往上走。

莊天然跑上三樓，看見另一隻鞋遠遠遺落在走廊，落在一間教室門口，莊天然抬頭看門牌，門上寫著：「教師辦公室」。

這就是冰棍說的，絕對不能打擾的房間嗎？

莊天然毫不猶豫，跑向教師辦公室，辦公室門窗緊閉，窗戶黏上壁紙，看不見裡頭。

他轉動門把，門沒鎖，但是推不開，像是被重物給擋住。

莊天然雖浮現不好的預感，但仍用全身的力量撞門，「砰、砰！」門被推開了，裡頭擋門的東西滾落一地。

即使他早有心理準備，仍倒抽一口氣，他的面前躺著六具屍體，全都長著小Y的臉。不知是否該說慶幸，這些屍體沒有動靜，並沒有變成冰棍，或許是因爲還沒觸發條件。

他想起這些屍體可能都源自於在這場關卡喪命的人，心臟不由得緊縮，但現在更要緊的事是救人。他甩開思緒，跨過屍體走進辦公室，由於室內沒有光線，晦暗不明，因此他走進裡頭才發現，剛才看見的那些人，並不是全部——

天花板上吊著無數屍體，每具屍體都被半透明的皮裹住頭，用線垂掛在上頭。

整間辦公室裡，密密麻麻有數十具遺體。

莊天然摀住嘴，忍不住乾嘔，低頭的同時，忽然注意到地上倒著一個人，是熙地。

莊天然跑向前，單膝跪地，將她的頭部放在腿上，測了測她的鼻息。還有呼吸，只是昏迷而已，不知是因為過度驚嚇，還是因為剛才的缺氧。

老師去哪了？

莊天然全面戒備，左顧右盼，然而周圍一片死寂，除了屍體以外，沒有見到其他身影。

「熙地！」一聲叫喊劃破空氣，莊天然轉頭，門口站的竟然是萬迷迷。

萬迷迷看見地上和整間辦公室的屍體時，確實有一瞬間變臉和卻步，但她很快就不顧不管地跑向二人。

「莊天然！她沒事吧？」萬迷迷罕見地臉上布滿汗珠，眼線有些暈染，妝花了都沒自覺。

「沒事，妳……」

「別問我為什麼過來。」

「這裡太危險……」

莊天然原本打算趕走萬迷迷，卻被她打斷：「你都追過來了，為什麼我不能來？而且你朋友不是也來了嗎？」

萬迷迷指向身後，南同學抱著桃桃靦腆地笑，他跑得比女生慢，現在才追上。

莊天然訝然：「你怎麼也來了？」

「莊哥在哪我就在哪！不過還好有來，再晚一步就要跟其他人一樣被同學纏住了。」

莊天然皺眉，「冰棍出現了？」

南同學點了點頭，「你追著老師跑走之後，一大群同學突然進教室，說『上課了』，我跟萬迷迷離門口比較近，又剛好要來追你們，就跑出來了。」

莊天然點頭，現在的他也無暇顧及教室，F跟老陳都比他資深，應該能夠應對。

他心想：這些吊著的屍體是怎麼回事？難道都是這一關的人嗎？

「『她』去哪了？你打跑了嗎？」萬迷迷左右張望，警戒地說。

冰棍應該是沒人能打跑的吧。

「我剛才進來的時候她就不在了。」莊天然無奈道。

「啊，他們剛才不是說『上課了』？老師會不會是去上課了？」南同學問。

「有可能，趁現在我們找找線索。」既然冰棍阻止他們上來三樓，案件又與校園霸凌有關，搜尋教師辦公室應該會有不小的收穫。

莊天然望向教師辦公室，室內有四張長桌，每張長桌有三個位子，每個位子上都堆滿了林林總總的雜物，資料堆積如山，少說上百件。莊天然翻閱其中一本，內容是校內的公文，與案件無關，如果一個個翻找，肯定會耗掉不少時間，但他們必須在老師回來前離開，之後也未必有機會回來。

正當莊天然思索時，看見南同學爬上了桌子，站在辦公桌上，像是頑劣的學生。

「……你做什麼？」莊天然問。

「嗯？莊哥不是說要找線索嗎？」南同學割斷其中一個垂掛在天花板的屍體，掀開裹住他頭部的皮，看了看裡頭的臉，又把皮蓋上，用線捆好，重新掛回天花板上，大大鬆了口氣，心有餘悸地說：「呼，好險，眼睛是閉著的，莊哥不用擔心，他們應該不會詐屍。」

莊天然：「……」

萬迷迷：「……」

有時候，真的不知道這傢伙是大膽還是傻子。

莊天然重新將思緒回歸桌面上，思考著該從哪裡找起，這時，他注意到左邊第三個位子上擺著一個水杯，杯子裡有半杯水，旁邊放著一個藥袋。

他突然意識到什麼，摸了摸面前的檯面，桌上布滿灰塵，像是久未使用。只有擺著水杯的那個位子，有使用的痕跡。

莊天然走向擺著水杯的座位，看清楚桌面時，霎時頓住。

桌上滿是美工刀劃破的痕跡，還有紅筆跟立可白寫著：「老處女」、「去死」、「賤人」……等等不堪入目的字眼。

萬迷迷倒抽一口氣，「怎麼回事？這些是誰寫的？」

莊天然神情嚴肅，從字跡上看來，不只一個人，而且痕跡斑剝，顯示很久以前就已經存在，並不是其他玩家的惡作劇。

莊天然拿起水杯旁的藥袋，藥袋上的患者姓名為「李美蘭」，醫院名稱是「心田身心醫學診所」。莊天然將藥袋放回原位，把名字的部分朝下，保全了對方的隱私。

再翻看桌上的資料，有一疊聯絡簿和批改過的考卷，乍看沒有什麼特別，再繼續拉開抽屜——濃濃的血腥味頓時撲鼻而來。莊天然立刻退開，見沒有動靜才向前，只見抽屜裡放了一隻斷頭的雞。

「啊！」萬迷迷花容失色，「是誰放在這裡……」

莊天然注意到雞的下方擺著一本手冊，即使被大量血跡沾染，依舊能看出上面四個大字：「教師日誌」。

是學生對老師的惡作劇嗎？

莊天然拿出日誌，後面還放著一支小型手電筒，他試了下發現能用，於是收進書包裡。

教師日誌厚度不薄，他翻開第一頁。

西元二〇一九年，九月一日，上午十點整，天氣晴。
今天是開學典禮，也是我擔任四班班導的第一天。
學生們在禮堂大吵大鬧，朝校長扔垃圾，十分不聽話。
有人在我的椅墊裡藏刀片，刮破了我的裙子。
我會幫他們做晴天娃娃，向上天祈求，祈求他們心中的陰影能夠散去，心靈能夠放晴。

李美蘭字跡異常工整，一筆一畫如尺規般精準，過於規矩的字跡，能看出她苛求完美。比起工作用的日誌，這本冊子更像李美蘭的日記。

這篇日記的最後畫了一個晴天娃娃，莊天然看著看著覺得有些眼熟，頓了頓，抬頭看向掛滿辦公室的屍體……該不會，她所謂的「晴天娃娃」，就是把學生做成娃娃吊在上面吧？

萬迷迷顯然也想到了這個可能，臉色一變，「上面這些都是她殺的學生？該不會，其實小Y也是她殺的？」

莊天然陷入沉思。

如果小Y是她殺的，她爲什麼要找小Y？是因爲開局的時候，身爲死者小Y的人逃過了死劫，所以冰棍才會下令找到她？但如果是這樣，那段霸凌影片又是怎麼回事？

莊天然一面思索，一面翻看教師日誌，第二頁、第三頁、第四頁……幾乎每一頁都講述著學生如何捉弄她，從她擔任班導的第一天到第三十天，惡作劇非但沒有平息，反而越演越烈，到最後甚至涉及人身安危，使得老師抑鬱成疾，不得不靠藥物控制。

莊天然揉了揉眉心，覺得這本日誌過於沉重，單薄的幾百張紙，記錄著一個教師的心酸和血淚。

確實，這些事很有可能成爲犯案動機，但這些事不能爲殺人脫罪……

「桃桃、桃桃覺得呀，老師不是壞人唷！」桃桃不知何時跟著南同學一起站到辦公桌上，朝莊天然揮舞著手，握著小拳頭認眞地說。

莊天然沒有將桃桃的話當作童言童語，而是同樣正經地問：「怎麼說？」

桃桃拿起桌上的考卷拚命揮舞，「因爲、因爲你你你看！老師畫了好多花花，好漂亮！」

莊天然接過桃桃手上的試卷，整張考卷滿江紅，批改得十分嚴格，連一個標點符號都不放過，考卷上到處都是打叉的記號。

……「花花」是指這個嗎？

莊天然回道：「這不是花花，這是同學寫錯被糾正的記號。」

「是花花！花花！」桃桃邊說，邊奮力指了指考卷的背面。

莊天然疑惑地往後翻，只見考卷的最後面，異常工整的筆跡滿滿地佔據了所有空白處，李美蘭寫了數百字的講解，因為她知道學生上課不會聽講，於是一題題仔細地把正確答案和解法寫在背面，每一道題前面都畫了一朵小花，有的還畫上插圖，大大降低了嚴肅感，吸引學生閱讀的意願。

看似嚴格古板的老師，實則有著溫柔細心的一面。

對於她這樣高度要求自己、一筆一畫都必須寫得特別方正的人來說，要洋洋灑灑寫那麼長的篇幅，需要花多少心力可想而知。

莊天然拾起桌上整疊試卷，數十張試卷全都如出一轍，沒有任何一個學生被遺漏。

試卷的最後註明了批改日期，都是西元二〇二〇年四月，也就是她擔任導師的半年後，代表這整整半年的時間，即使她被無禮對待，也沒有憎恨學生，是真心期望他們改過向善。

這也表示，她並沒有犯案動機。

「妳說的對，老師不是壞人。」莊天然摸了摸桃桃的腦袋，嘴角約莫上揚零點零一度。

桃桃倏地躲到南同學身後，抓著他的褲管，淚眼汪汪地說：「桃桃、桃桃說錯什麼了嗎？大哥哥為什麼臉臭臭？」

……我只是在笑。

南同學道：「莊哥沒有臉臭臭，他盡力了。」

……謝謝幫忙解釋。

老師的嫌疑暫時排除，但現在問題又回到原點，如果老師不是凶手，那麼這些吊著的屍體是怎麼回事？難道與線索無關，純粹是這個世界想嚇唬人而已？

「莊哥！這個人，好像是我剛才看到的學生耶？」南同學拿著一本學生名冊，指了指其中一頁照片，再指了指剛才被他掛回去的屍體。

照片上的人面頰削瘦，精神委靡，姓名的部分寫著「黃宇翔」，座號是二號。

莊天然記得那些整老師的名單中，其中一個經常被提到的學生就是二號。

照片底下寫著學生檔案，黃宇翔的父母皆是毒販，於四年前被逮，出獄後疑似遭人尋仇，雙雙死於家中。黃宇翔在社福單位的協助下進入這所私立學校，這所學校是由公益團體募款成立，位於深山，設有宿舍，收容許多無家可歸的青少年，提供他們住宿與學習。

然而，檔案最底下寫著：「黃宇翔於二〇一九年十二月，因吸食毒品過量，於教室暴斃身亡。」

「黃宇翔……黃……我想起來了，這個人不就是隔壁班的翔哥嗎？」萬迷迷皺了皺眉，顯然這個記憶並不美好。

隨著找到更多線索，萬迷迷的記憶漸漸復甦。

「我記得這人一直光明正大在教室賣毒，還到處炫耀自己是天義會的一員，無聊透頂。」

「他販毒，校方沒有介入管理？」

萬迷迷一面檢查著美甲，一面漫不經心地說：「沒有，我們學校亂得很，有前科的到處都是，殺人都有了，販毒算什麼？校長和訓導主任之所以調來我們學校，也只是為了在公益學校做個名聲，沒幾年就會再調到別的學校，根本不想惹事，所以都裝作沒看見，即使出事了也會把事情壓下來……包括黃宇翔暴斃這件事。」

萬迷迷臉色淡漠，但莊天然注意到她眼裡的陰鬱。

「黃宇翔暴斃的隔天，校長在升旗典禮致詞，提都沒提這件事，那個人就像不存在一樣。當時只有李老師哭得雙眼紅腫，那時候大家都說她假慈悲，她一定也巴不得黃宇翔這樣的問題人物消失。但那天放學，我經過他們教室門口，看到李老師放了一束花在黃宇翔桌上，我聽見她說『對不起……老師沒有幫到你……希望你下輩子生在圓滿的家庭，度過幸福的人生……』。」

萬迷迷抬起頭，堅定地說：「莊天然你說的對，我也相信李老師不是壞人。」

莊天然揣度一會，「看來，這些屍體代表李美蘭對已故學生的悼念，大概在她心中，這些學生還停留在這裡。」

由於桌上資料很多，眾人分頭查找，萬迷迷看聯絡簿，南同學檢查考卷，莊天然則繼續翻看名冊，發現正如萬迷迷所說，這些學生大多有前科，不少人未完成學業便去坐牢，或者死於非命。

莊天然問萬迷迷：「妳之前說，小Y是李美蘭這班的學生，還有想起什麼關於她的事嗎？」

萬迷迷放下手上的聯絡簿，「一般而言我不在乎其他人的事，但……對於小Y我一直有個模糊的印象，總覺得曾經出過大事，不過想不起來。」

「是她失蹤的事？」

「不，失蹤的事我有印象，但我覺得，那件事比失蹤還嚴重。」

這時，南同學舉手，莊天然點了點頭，示意他發言。

南同學問：「莊哥，有一件事我不明白，李老師要找小Y，是因爲她的寶貝學生小Y失蹤了嗎？」

莊天然回道：「應該是。」

南同學再問：「所以說，這一關的家屬是李老師，死者是小Y？」

莊天然說：「應該……」他回到一半，忽然頓住。不對，剩下的女性成員，只有萬迷迷、熙地和楊靈，她們三個都不可能是老師，所以家屬是誰？

兩人對視，彼此都從對方眼裡明白了這個疑問。

南同學道：「啊，該不會其他三個男性玩家，有一個其實是女生？」

「……」莊天然試想了一下李哥、F和老陳其實是女性的可能性，覺得不是很樂觀。

案件撲朔迷離，不只是表面上一起校園霸凌案那麼簡單，家屬、死者和凶手是誰，他們之間有何關係，全是未知數。莊天然揉了揉眉心，「至少可以確定，小Y是李美蘭班上的學生，先從這個線索找出小Y究竟是誰。」

莊天然放下學生名冊，抽走萬迷迷手中的聯絡簿，都攏到自己身邊。

萬迷迷道：「怎麼了？我可以一起幫忙找。」

莊天然說：「不用了，妳去看看其他地方。」

萬迷迷忽地冷笑出聲，神色變得陰霾，「還是說，你懷疑我了？」

莊天然動作一頓，沒有回話。

「呵，你以爲我不知道嗎？只要把這個班的聯絡簿看過一遍，就能知道我、熙地和楊靈，究竟誰是這個班的人，不就知道我們之中誰是小Y了？我說我是隔壁班的，你起疑心了吧？」

莊天然沉默一會，說道：「沒錯，我確實懷疑妳也有可能是小Y。」

萬迷迷斂下眼眸，不讓任何人看見她的神色，反覆看著已經檢查數遍的美甲。

「所以我才不讓妳找，因爲這個世界有可能竄改妳的記憶，讓妳不知道自己是死者。」

莊天然說：「要妳親眼確認自己已死這件事，太殘忍了。」

萬迷迷難以置信地抬眼，因爲一時動搖，忘了掩蓋泛紅的眼眶。

萬迷迷嘴硬地說：「我可以！你別小看我……」說完就要搶莊天然手中的聯絡簿，可惜莊天然手一抬，她怎麼搶也搶不到。

「好了，熙地還沒醒，妳去照顧她，順便找找有沒有其他線索，我們時間有限。」莊天然拍了拍她的腦袋，簡單打發。

萬迷迷難得吃癟，滿臉不甘心。

「莊哥，你對萬迷迷有意思嗎？」南同學歪頭問。

莊天然愣了愣，顯然沒反應過來這句話的因果關係。

萬迷迷耳根子通紅，「你白痴喔，誰會在這種鬼地方追人？」

南同學道：「咦？我會耶？」

萬迷迷：「……」誰像你這麼無憂無慮。

「哼，不管你們了，愛搜就給你們搜吧，我要去看熙地了。」萬迷迷扭頭就走。

南同學失笑，喃喃道：「說到底還是個高中生，太容易退縮了。」

莊天然不明白他們在吵鬧什麼，全神貫注地查找線索，他一本本翻著聯絡簿，全都是不曾聽過的名字，直到翻到最後一本時，赫然頓住。

他打開那本聯絡簿，聯絡簿裡寫著幾個回家作業，與其他同學的內容大同小異，唯有「導師的話」那個欄位，與其他人不同地寫上了滿滿的字，有時甚至超出格線，儘管聯絡簿的主人翁沒有任何回應，李美蘭還是不厭其煩地一天又一天寫著話。

星期一：新同學，妳今天好嗎？還是害怕和老師打招呼、不敢和同學說話嗎？老師知道妳不喜歡被喊名字，妳希望老師怎麼叫妳呢？

P.S.今天的營養午餐有珍珠奶茶，很幸運喔。妳喜歡喝珍奶嗎？老師很喜歡。

星期二：今天上午天氣不錯，體育課你們去打排球，老師有在樓上看見你們的身影喔。老師看見妳一個人坐在樹下，是身體不舒服嗎？

P.S.老師下午看到妳在跟布娃娃說話，老師第一次聽見妳的聲音，它是妳的朋友嗎？下次可不可以介紹給老師認識呢？

星期三：老師今天又看到妳在和布娃娃說話喔，只要是布娃娃就能跟妳說話，那也把老師、其他同學當作布娃娃，好嗎？

小Y妳好，我是老師，請多多指教。

莊天然瞳孔一縮。找到了，她就是小Y。

他合上聯絡簿，再次確認了封面上的名字——寫著「楊靈」。

想起那個沉默膽怯的女孩，這個眞相等於判了她死刑，莊天然有些黯然，即使只是一天的相處，聽見身邊原本活著的人離世，還是令人難以接受。

莊天然和南同學對視一眼，南同學朝莊天然點頭，莊天然莫名心領神會，讀懂了他眼神裡的含意。

案件無法改變，現在能做的只有找出眞相。

莊天然立刻拿出教師日誌，對照楊靈聯絡簿上第一天的日期，翻到那一頁。

教師日誌上寫著：西元二〇二〇年，二月十一日，下午一點整，天氣陰。

今天班上來了一個轉學生，叫作楊靈。楊靈不愛說話，無法自我介紹，甚至無法站上台，我該怎麼辦？

之後的日子，李美蘭幾乎天天寫著楊靈的事，主要原因是因爲學生對她的惡作劇減少了，沒有須要特別提起的事，但新的問題出現了——

李美蘭寫道：「同學們似乎把惡作劇轉嫁到楊靈身上，我不能坐視不管。」

看來，是她的學生們有了新的霸凌對象，就是楊靈。

日誌裡提到，楊靈出身於育幼院，高中換過兩所學校，現在這所是第三間。楊靈不愛說話，甚至可以說是不說話，即使被同學欺凌，也不會反抗。

李美蘭說，她在楊靈身上看到從前的自己。

李美蘭也是個孤兒，五歲的時候被親戚互踢皮球，最後進了孤兒院。因爲從小就鮮少有人跟她說話，所以講話總是結結巴巴，甚至會用錯詞，經常被取笑，久而久之，她變得不喜歡與人交談——直到後來，她遇上了改變她一生的修女。

孤兒院裡的修女注意到她，開始教她識字、陪她玩耍，後來甚至會買玩具送給她，將她當成自己的親生女兒一般對待。

她問修女：「我的舅舅、舅媽都不要我，我們不是家人，爲什麼妳要對我這麼好？」

修女告訴她：「我們對一個人好不需要理由，只要妳有多餘的能力去愛別人，那就可以去做。」

這個簡單的理由，李美蘭一直記在心裡。長大後，她努力學習考上教師資格，卻沒有選擇大城市，而是選了偏遠地區的學校當老師；後來她輾轉得知這所公益學校，聽說裡頭學生頑劣，老師們都待不久，也由於導師一直更換，學生們更加無心學習。

李美蘭沒有卻步，她自願加入了這所學校。

原因有很多，其一是李美蘭結婚多年，遲遲不孕，試過很多方法，最後都不幸流產，醫生告訴她，她可能這輩子都無法再懷孕。李美蘭說，也許她這輩子都無法擁有自己的孩子，但這所學校有許多失親孩童，她希望把愛給這些孩子，就像修女對她一樣。

其二是因爲李美蘭畢生的願望，就是希望能從小地方開始改善教育的風氣，並非只有大城市出人才，也並非只有資優生能受到更好的教育。人生是不公平的，這些孩子出生在什麼樣的家庭、擁有怎樣的父母，都不是他們能夠決定，所以她希望至少能給他們一個良好的後天環境。

然而，在大環境下，這點並不容易，起初她在這所學校遭遇到許多陰暗面和暴力，也因此受到許多打擊，需要靠身心藥物來治療。但漸漸地，有些事情改變了。

原先看都不看她一眼的學生，開始會主動向她點頭打招呼，在她擔任導師一年後的教師節，她收到幾個學生一起做的卡片，卡片上的字歪七扭八，內容也只有簡單幾句，但從剪貼的圖案、親筆繪製的線條，處處都能感受到用心。

TO：李老師

李老師，謝謝妳，妳是待最久的老師，希望妳能陪我們到畢業，教師節快樂。

P.S.如果考試可以少一點就更好啦：）

李美蘭看得又哭又笑，覺得自己像個瘋子一樣。她知道，自己所做的一切，在無形之中都會得到回報，因爲一個人的用心，別人是能感受到的。

隨著李美蘭的振作，外加學生因爲覺得了無新意而日益減少惡作劇，一切看似往好的方向發展——直到班上來了一位轉學生。

楊靈的安靜和膽怯，讓她很快成爲眾之矢的，與此同時，李美蘭無意中聽說校園內興起了一個新的「社團活動」……

李美蘭寫道：西元二〇二〇年，二月二十五日，上午九點整，天氣晴。

今天隔壁班又有一個學生受害。我發誓，我會找出那個「社團」的成員，像當年的露莎修女幫助我一樣，幫助楊靈和所有的學生。

莊天然心想：社團？究竟是什麼社團？是指專門欺凌同學的團體嗎？

莊天然原以爲接下來日誌的內容會充滿艱辛，但出乎意料地，因爲李美蘭的努力，時間來到三月時，事情迎來了轉機，字裡行間能感受到李美蘭的喜悅，讓他看得不禁神情緩和，微微一笑……

「啊！哥哥又臉臭臭了！桃桃是不是又做錯事了？」桃桃泫然欲泣，眨著水汪汪的大眼睛。

「沒事，桃桃很乖，莊哥只是在笑。」南同學安撫道。

莊天然：「……」眞虧你看得出來。

莊天然繼續往下看，日誌中提到三月的時候，李美蘭常趁下課時間想找楊靈說話，但楊靈跑得飛快，她根本追不上，兩人幾乎每天都在玩你追我跑。

後來李美蘭想想，也許是面對面說話讓楊靈有壓力，她開始透過聯絡簿和楊靈對話。起初楊靈依舊毫無回應，直到後來李美蘭提到她從不離手的那個布娃娃，情況才有所改善，楊靈終於願意在聯絡簿上簡單回她幾句，只是見到本人時還是跑得特別快，不過，這讓李美蘭想到了一個好點子。

李美蘭在開導師會議時，向校長提議舉辦運動會和大隊接力，理由之一是可以讓學生們活動身體，理由之二是可以增加校園凝聚力。

他們學校從未辦過運動會，因爲校長認爲這些學生只要安安靜靜度過學期、趕緊畢業就夠了，沒必要辦這些活動，同樣也沒有其他老師想參與，他們都認爲管不住這些學生，爲避免學生起衝突、打群架，最好什麼事也別做。

李美蘭說自己會承擔所有後果，只要嘗試一次，所有事情她都會親力親爲，規劃場地、安排時間、製作傳單等等，還會邀請官員來視察，一定會讓運動會圓滿達成。

最後校長基於運動會對學校是很好的宣傳，勉爲其難地同意，前提是要有超過三分之二的學生在傳單上勾選願意參加，並且保證不會打架滋事。

李美蘭開始了她的宏圖大業，在每個班級的午餐時間播放熱血的體育電影，在傳單上畫上體育漫畫，漸漸勾起了學生們的興趣。

尤其大隊接力得到了踴躍的迴響，其實有不少同學早已聽說其他學校都有運動會，據說運動會很熱鬧，而且還不用上課，他們也想參加。

一人感興趣後，連帶兩、三人，三、四人都有了幹勁，最後成功集齊超過三分之二以上的參加票，最終運動會決議在五月舉行。

大隊接力須要練習，李美蘭下課後找了幾個班，陪他們一起練習，測一百公尺，排棒次。不出李美蘭所料，楊靈成績不錯，在他們班上的女生佔了前幾名，不少人看到她跑贏其他班，激動地鼓掌，楊靈頭一次受到誇獎與注目，靦腆地說不出話，但也不再排斥同學們的靠近，漸漸融入群體。

李美蘭看著楊靈臉上的笑容，感到心滿意足。

幾天後，楊靈頭一次主動在聯絡簿上留言，問道：「李老師，妳爲什麼要對我這麼好？」

李美蘭會心一笑，告訴楊靈修女曾對自己說過的話，並寫道：「而且，妳是老師的孩子。」

五月，運動會圓滿舉行。在操場上，許多學生們忘記了平時張牙舞爪、故作凶狠的僞裝，就像個孩子般投入其中，激動地爲班上加油，現場笑聲和叫喊聲不斷，總是死氣沉沉的校園難得熱鬧起來。

從那一天起，原本封閉陰鬱的學校，悄悄有了一絲改變，走廊上能見到不同班級的學生們互相聊天，其他班的老師見了李美蘭也會微笑朝她點頭，說他們班上的學生們現在感情不錯，不再總是大呼小叫，爭搶地盤。

而李美蘭的班級，楊靈和同學之間的關係也不再劍拔弩張，楊靈變得活潑許多，經過一個多月的相處，楊靈終於對她卸下心房，經常黏著她撒嬌，還時常吃醋。有時她誇獎其他同學幾句，楊靈就會氣鼓鼓地問她最愛的孩子是誰，像是要把從前沒得到的母愛補回來。

其實，李美蘭覺得自己與楊靈投緣，考慮過領養對方，但這件事須要從長計議，也要讓丈夫和楊靈多多相處，考量雙方的感受，畢竟成爲家人是一輩子的事情。

一天假日，楊靈央求李美蘭帶她去逛夜市，因爲楊靈從未去過，李美蘭欣然同意。

但李美蘭沒料到，夜市人潮太多，兩人突然被人潮推擠，李美蘭被人群推向前方，而楊靈被人群包圍，引發恐慌，害怕地不敢向前，兩人因此走散。

李美蘭急著想回頭找楊靈，卻聽見人潮中傳來哭喊：「媽媽、媽媽！」

李美蘭從未聽過楊靈發出如此巨大的音量，她循著聲音找到她，焦急地將她擁在懷裡。

「媽媽……不是、我是說，老師……」楊靈顫抖著，這才驚覺自己的失態，趕緊改口，害怕李美蘭的拒絕。

李美蘭紅著眼眶，笑道：「沒關係，妳說的沒錯，妳是我的孩子。」

李美蘭在日誌上寫道：西元二〇二〇年，五月二十四日，晚上九點整，天氣晴。

我一直沒有孩子，或許這就是上天的安排，等老公和楊靈見面後，我會提起領養的事。從今以後，我發誓會像愛親生孩子一樣，愛著楊靈。

之後，很長一段時間，日誌上寫的都是瑣碎的公事，俗稱沒有事就是好事。很快地，經過暑假，時間來到九月。

九月是開學季，在新學期的第一天，李美蘭又寫了日誌。

但這回，她的字跡竟然不再刀刻般工整，顫抖且飛舞的線條，能看出她內心的慌忙與激動，甚至連日期都來不及寫仔細，這是前所未有的事，李美蘭寫道——

西元二〇二〇年，九月。

我懷孕了。

前陣子經常噁心嘔吐，因爲平常上課沒時間去做檢查，趁著暑假老公陪我去醫院，醫生說已經懷孕三週。

我要快點告訴楊靈這個好消息，她有弟弟妹妹了，這一定是楊靈爲我帶來的好運。

隔了幾天，又有了下一篇，但李美蘭的情緒卻起伏很大。

西元二〇二〇年，九月二十八日，晚上十二點四十五分，天氣陰。

我很害怕，自己眞的要成爲媽媽了嗎？

我又再次看心理醫生了，但想到可能會影響到寶寶，我不敢吃藥。

還好有楊靈聽我說話，沒想到，現在換她聽我說話了。

西元二〇二〇年，十月二十八日，凌晨一點十五分。

一直沒感受到寶寶的動靜，寶寶還在嗎？我好害怕。

楊靈要我不用擔心。

日誌日漸消沉，內容也越來越少，看得出因爲懷孕的事，造成李美蘭情緒波動，之後日誌不再講述她的情緒，只有依序記錄學校重要的活動、期中考時間，以及寒假作業的內容。

時間來到了二〇二一年。

二月是開學季，李美蘭再次寫了日誌，日誌剩下寥寥幾頁，這是最後的幾篇。

西元二〇二一年，二月十五日，上午九點整，天氣晴。

今天開學了，學生們都很健康，眞是好事一樁。

寒假老公帶我和寶寶去旅遊，可惜楊靈跟同學出去玩沒辦法去。

老公帶我去爬山，那座山不高，但我爬得很慢，老公陪我一步步走到山頂。

老公告訴我：「妳懷孕都能爬到山頂，還有什麼做不到的？」

他說的對，我該打起精神了。

西元二〇二一年，三月一號，上午十點整，天氣陰。

那個「社團」又開始活動了。

我聽說那個社團的集會地點似乎是在宿舍。我問楊靈有沒有見過那個社團成員有誰，楊靈說她不知道，大家提到那個社團表情都很恐怖，她不敢問。

西元二〇二一年，四月十號，下午三點整，天氣雨。

那個社團又行動了，這次有一個學生溺斃在廁所。

那個社團專挑落單的學生下手，因爲沒有目擊證人，找不到證據，而且校長又把事情壓下來了。

但這次終於有了線索。

不知道是誰在我桌上放了紙條，那個學生說：「李老師，我收到一個奇怪的招募通知，有人傳訊息給我，邀請我加入社團，入社條件是：『只要敢動手殺人，就能成爲社團的一員，下手的難度和等級越高，還能當社團的幹部。（如果不是社團成員，你也可能是我們獵殺的對象）』他們自稱叫作『殺手社團』。我很害怕，我只相信李老師，老師，我不想殺人，也不想被殺，救救我。」

這個學生不是第一個傳求救紙條給我的人，以前我也收過幾封，上報給校長，校長說會處理，但案件還是再次出現，我只能自己想辦法。

西元二〇二一年，五月十六號，晚上九點四十三分。

楊靈跟我說，她收到了那個社團的招募簡訊。

她很害怕，問我怎麼辦，我對她說，先問他們成員有誰，然後老師會把他們找出來，你們都再也不用害怕。

楊靈說，老師，妳懷孕了，萬一傷到寶寶怎麼辦？這是妳好不容易才懷上的寶寶……如果遇到危險怎麼辦？

我說，別擔心，我會照顧好自己。

西元二〇二一年，五月二十號，晚上十二點三十五分。

楊靈傳簡訊告訴我，已知的社團成員有：楊昊、林子翔、何潔、鄭心儒，總共有多少人目前還不清楚。

楊昊和何潔都是我們班的，林子翔和鄭心儒在一班和四班，我得想辦法讓他們自首，早日回歸正途。

預產期快到了，到時候我不得不請假，希望能在那之前處理好，願老天保佑。

西元二〇二一年，六月。

今天楊靈還是沒有回來。

警方在山下找到她被撕破的衣服、她不曾離手的娃娃，以及霸凌者的手機。

其實我知道，如果她還活著，不可能沒帶走最重要的娃娃。

爲什麼我沒注意到她又被欺負了？是不是跟那個社團有關？

我不應該叫她去了解，她會死，都是我的錯。

他們說的對，我不是一個好老師，也不是一個好媽媽，都是我的錯。

都是我的錯，都是我的錯……

這是教師日誌的最後一頁，之後再無內容。

莊天然合上日誌，心情沉重。

這麼說，謀害楊靈的凶手，可能是那個社團的一員？

但，如果楊靈是死者……那麼，社團成員就落在萬迷迷和熙地之間，她們兩個之中有人可能是殺人社團的一員？

莊天然臉色深沉。

萬迷迷突然出現在莊天然身後：「你們找到什麼了？」

莊天然被嚇了一跳，只是面無波瀾，一時之間不知如何回話。

萬迷迷像是要一雪前恥，在莊天然面前晃了晃一本冊子，「你看我找到什麼？」畢業紀念冊。

莊天然不明白這有什麼特別，萬迷迷掀開畢業紀念冊，艷紅的指甲敲了敲中間的團體照，「我已經知道誰是李老師班上的同學了，是楊靈對吧？」

萬迷迷指著站在人群中央的楊靈，莊天然正要回話，忽然頓住。

等等，不對，畢業照上有楊靈!?

照片下方備註的日期寫著：二〇二二年，七月。

怎麼回事？楊靈不是二〇二一年就失蹤了嗎？爲什麼她會出現在畢業照上？

萬迷迷哼道：「你還沒說你找到什麼線索！」

莊天然把教師日誌遞給萬迷迷，萬迷迷快速地翻閱，原先看得隨意，事不關己，但越看到後面，她的臉色越來越不對勁，最後甚至變得蒼白。

「我想起來了……那件可怕的事。」

莊天然不明所以，看向萬迷迷。

「小Y……不，應該說楊靈，她失蹤的那件事鬧很大，不是還上了新聞？在那之後，媒體大肆報導這是導師的失職，沒多久……李老師在辦公室裡服毒自殺了。」

什麼？

莊天然霎時一頓。

「但更糟糕的事在後面，其實——楊靈一個禮拜後就被找到了，李老師是枉死的。」

這是一個徹底的悲劇，李美蘭以爲楊靈死了，永無止盡的自責讓她引咎自盡，但她不知道的是，只要再多等幾天，楊靈就會回來了。

莊天然和萬迷迷不禁沉默，只有南同學一臉深思，比起傷感更像是困惑，「如果楊靈不是死者，而老師是自殺，那這個案子誰是凶手，誰是死者？」

南同學提出的問題讓另外兩人怔住，案件再次被打回原點。

萬迷迷再冷靜，也不過十多歲，面對接二連三的打擊，快撐不住了，「這一關的案子爲什麼一直繞圈子？上一關根本沒這樣！到底什麼時候才能出去⋯⋯」

莊天然心想：我怎麼好像每一關都是這樣？

南同學搔了搔臉，「會不會其實很簡單啊？現在已知死者只有李老師，所以李老師其實不是自殺，是他殺？」

莊天然雙眼一睜，覺得這話有道理。他們本以爲楊靈是死者，李美蘭是家屬，但或許實際上相反，李美蘭是死者，楊靈才是家屬。

這也解釋了，爲什麼剩下的成員沒有「老師」這個職業，因爲「老師」可能在開局就已經死了。

莊天然思忖，「如果李美蘭的死因另有隱情，也許跟她當時在調查的社團有關。」

感覺衣角被人拉了拉，他的視線往下移，只見桃桃捏著一張縐巴巴的黃紙，仰著頭問道：「哥哥，桃桃可以畫畫嗎？」

莊天然困惑。這是從哪裡撿來的？地上的垃圾嗎？

莊天然拿起黃紙一看，是一張符咒。

桃桃指著窗台最下方的櫃子，原本窗台下方堆滿雜物，直到雜物被桃桃推開，他們才察覺底下有一格櫃子。櫃子不大，長寬高大約各五十公分，但仍讓眾人臉色發青，因爲那格櫃子外面貼滿了密密麻麻的符咒，但已經被撕開了，其中一張就是桃桃手裡拿的。

果不其然，櫃子緩緩地打開了——

老師以一種不可能的姿勢扭成一個方形，擠在櫃子裡，一雙漆黑的眼睛盯著他們。

他們忽然想起「同學」說的那句：「記得，老師在三樓休息，不能吵醒她喔。」這句話並不是指老師在睡午覺，而是指，這是她的葬身之地，絕對不能吵醒她。或許，他們一直以來看到的老師冰棍，並不是李美蘭，眼前這個才是眞正的「李老師」……

李老師四肢怪異地從櫃子裡爬出來，她的頭扭了一百八十度，整顆頭是反的，但一雙死氣沉沉的眼睛卻緊緊盯住他們，不管怎麼移動，視線都不曾移開……

「快跑！」

莊天然抱住桃桃，隨手抄起桌上幾樣東西，南同學拿走教師日誌和聯絡簿，萬迷迷直接拿起桌上的半杯水，潑醒熙地，「起來，快跑！」

熙地恍然間驚醒，滿臉濕透，渾然不知發生什麼事，便被萬迷迷拉著跑。

熙地一面跟著所有人狂奔，一面後知後覺地想到——自己剛才被女鬼抓住了，迷迷是來找她的嗎？

她回想起以前在學校，很多人聽說她家裡有錢，都會來跟她討東西，要她請客。一開始她很大方，四處請客，因此人緣極佳，她也享受著被眾人簇擁的感覺。但到後來，漸漸入不敷出，她甚至開始不吃晚餐，在班上維持著大小姐的假象。

事實上，有錢的是她的繼父，母親為了討好繼父，把她丟到這所偏遠的學校，不聞不問，只給她生活費，維護基本的顏面。

她不敢說，她怕沒人愛她，也怕淪為眾人恥笑的對象。

從小母親就告訴她：「出門要注意形象，不能讓媽媽丟臉。」在她九歲的時候，母親難得帶著她去找繼父，她卻不小心在繼父公司門口跌倒，身上都是泥巴，膝蓋流的血把裙子染濕。

母親立刻叫司機把她帶回車上，不要讓別人看見，以為自己不會帶女兒。母親沒有抱她，因為等下要見爸爸，她那麼髒，會弄髒衣服。

再後來，母親和繼父生了弟弟，母親說家裡沒地方住，要她轉到這所寄宿學校。

母親從沒來看過她，每到過年，她都不知道該回哪個家。

她明明有家，家人也都健在，卻回不去了。

某一天，她在學校餓得不行，已經連續五天沒有吃晚餐，實在撐不下去，所以拒絕朋友要她請客的要求。

朋友們在福利社門口圍著她，不滿地說道：「請客一下又怎麼樣？妳那麼有錢！」

「喝杯飲料而已，妳昨天不是才請某某某嗎？」

「對啊，妳怎麼那麼小氣！」

她被她們逼得十分爲難，不知如何是好，這時候，旁邊突然冒出一句冷漠的嗓音──「讓開，妳們擋到門口了。」

是隔壁班的萬迷迷。

她和萬迷迷沒說過話，只知道萬迷迷很受男生歡迎，號稱是校花，還在網路上經營網美直播，有小Pear的暱稱，擁有不少粉絲。但是，她在學校女生中人緣特別不好，她也總是一人獨行，沒有朋友。不只因爲她的美貌容易招人嫉妒，更多的是她的性格不好相處，說話時常帶刺，從不討好任何人。

她覺得萬迷迷長得這麼漂亮，應該受到眾人愛戴才對，要是她的性格不要這麼孤僻，讓人難以接近就好了。

朋友們本想回罵，在回頭看到萬迷迷的容貌時一瞬間啞口，很快又反應過來，「唉唷，是萬迷迷啊，聽說妳連進這所學校都要靠獎學金，還有錢來福利社買東西嗎？」

聽說萬迷迷家裡特別窮，父母是無業遊民，女生們經常在背後嘲笑她是吃餿水長大的，長得好看都是因為吃餿水。

萬迷迷道：「比妳們好多了，連一瓶飲料都要人請。」

「哈、熙地不像妳，她家有錢得不得了，不請客不是很小氣嗎？」

「小氣不行嗎？請妳們真浪費。」

「妳！」

「不買就讓開。」

朋友們氣得發抖，卻不敢拿萬迷迷怎麼辦，畢竟她在學校可是有一群群男生撐腰，有的據說還是黑道，更別提網路上支持她的粉絲，萬一被曝光就完了。

朋友們說不過萬迷迷，被氣跑了，只剩下自己和萬迷迷。

萬迷迷自始至終看也沒看她一眼，走進福利社。

她忍不住追向前，「那個、妳……妳為什麼要那樣說？我一點都不小氣……」其實她想說的是：「妳為什麼要幫我？」，但她說不出口。

萬迷迷哼了一聲，沒回她，轉身就走。

她雙頰漲紅，不自覺脫口而出：「妳為什麼可以活得那麼自私？連理都不理人！」完了，她想說的不是這些，其實她只是不明白爲什麼萬迷迷能那麼自我，也只是想得到她的回應……

萬迷迷終於停下腳步，涼涼地瞥向她。

「活得自私又怎樣？委屈自己去討好別人，不是眞正的慷慨。還有，如果妳連自己都顧不好，還想去顧別人，那不是無私，是白痴。」

她瞠大眼睛，終於懂了，爲什麼萬迷迷是這樣的個性。因爲她就是想做自己，不需要任何人的愛慕和肯定。

從那天起，她眞心仰慕起不受拘束的萬迷迷，萬迷迷不光是外貌，就連靈魂都是她最嚮往的模樣。她拋開大小姐的形象，成天跟前跟後，成爲了萬迷迷的仰慕者之一。

熙地回過神來，看著萬迷迷拉著自己的手，即使身後是隨時有可能追上來的冰棍，她還是忍不住問：「妳不是說，人要自私嗎？爲什麼要來救我？」

萬迷迷臉上的汗水浸濕鬢髮，依舊不影響她的美麗，她頭也不回，冷哼一聲，「我救妳，是因爲自私啊，我不想妳死，不行嗎？」

熙地笑了。

這樣自我的女人，卻比母親更護著她，她覺得自己就算死在這一刻也值得了。

眾人一同往二樓逃竄，但李老師速度極快，扭曲的四肢如同蜘蛛的腳，迅速地竄動，很快便追上他們……

在接近樓梯轉角時，莊天然清楚聽見身後傳來奇怪的囈語，近得猶如在耳邊，明知不能回頭，卻還是忍不住看向聲音來源——李老師的鼻尖離他只差幾毫米，慘白的臉瞬間放大了三倍，陰寒的氣息撲面而來，挾帶著陳年腐屍的惡臭，雙眼只剩下兩個窟窿，兩顆眼球垂吊在外頭，兩頰骨頭黏著零碎的殘肉，嘴裡不斷叨唸毫無次序的句子，尖銳得猶如光碟刮盤：

「&%#?*^&……做成……娃娃……%#?*&^……娃娃……」

莊天然此刻只有一個想法：躲不掉了。

「老師！妳看那裡有娃娃！」南同學大喊一聲，將手上的物品奮力一擲，遠遠拋到走廊另一端。

李老師的上半身倏地轉向，骨頭喀喀作響，向後扭轉一百八十度，死死盯著走廊另一頭的物品，發出如泣如訴的嘶叫，回頭撲向落在地上之物。

——那是一個掌心大小的娃娃。

莊天然本以爲死定了，一口氣憋在胸口，這才鬆口氣。

萬迷迷和熙地看傻了眼，「……」怎麼回事？他是把冰棍當狗嗎？怎會有這種奇葩玩法！

幾人趁著這個空檔趕緊往樓下跑。

他們一路跑到二樓，老師並沒有追來，走廊一片寂靜，他們壓抑住喘息，屏住呼吸，直到樓上傳來關門的聲音，他們才確定自己安全了。

南同學興奮地說道：「眞的奏效了！莊哥！F救了我們！」

莊天然道：「什麼？」

「那個娃娃啊！那個娃娃是從F身上掉出來的，上面還有筆記說：『只要娃娃在哪，她就會跟到哪』，所以我才把娃娃扔過去……現在我才知道，原來那個娃娃是大佬故意掉給我們的！他知道這個線索能救我們一命，要不是剛才有那個娃娃，我們就完蛋了，我就說嘛，像他那麼心思縝密的大佬，怎麼會把這麼重要的線索掉在地上呢。」南同學滔滔不絕地說著，看得出眼神充滿欣喜，如果他有尾巴，肯定晃個不停。

F……爲什麼要特地幫他們？

想起這個人，莊天然又苦惱了起來。

他對F的熟悉感，已經非比尋常，如果他猜的沒錯……

莊天然還沒來得及細想，忽然頓住，想起另一個更重要的問題：「南同學，那個娃娃是重要線索對吧？」

南同學拚命點頭，「肯定是的！」

「那你把它扔出去了……我們查什麼？」

眾人同時沉默。

南同學可憐兮兮地看著莊天然，滿臉寫著：怎麼會這樣？

不過很快地，南同學又突然想到什麼事，「啊！」了一聲，笑容燦爛地從口袋裡拿出另一個娃娃，「沒事、沒事，這裡還有一個娃娃，還好F掉了兩個。」

莊天然現在終於明白爲什麼南同學會說F別有用心——如果不是故意掉的，難道還能「不小心」掉出兩個這麼大的娃娃嗎？

「莊哥，李老師不是在聯絡簿裡提過嗎？一開始楊靈只和娃娃說話，會不會就是這個娃娃？」

「很有可能。」莊天然細看手裡的娃娃，是個小女孩的模樣，肚子的縫線有些脫落，掉出一些棉絮。

莊天然問：「娃娃裡面本來有東西嗎？」

南同學歪了歪頭，不明白莊天然在說什麼。

莊天然把棉花翻出來，露出裡頭一絲不起眼的黑色，乍看像是污漬，他卻道：「這裡面的棉花有一部分是純黑色，色澤不像普通的髒污，更像人工顏料，例如，油性筆的墨水，所以裡面可能本來有線索。」至於這個線索是什麼……就要問F了。

南同學雙眸發亮，「不愧是莊哥，眞是觀察入微！」

萬迷迷白了南同學一眼，「如果不是我們都是玩家，我都要懷疑你是他請來的水軍了。」

三人回到一樓，教室裡傳來老陳豪爽的笑聲，裡頭意外地一片和平，絲毫沒有大量冰棍來過的痕跡。

老陳拍著F的肩，讚歎道：「F，你該不會眞的是那個組織的成員吧？你是怎麼讓那些東西馬上離開的？」

F笑了笑，謙虛道：「沒什麼，只是剛好昨晚在宿舍找到課表，他們這堂應該是體育課，稍微提醒了一下罷了。」

「我昨天在房間翻了半天可沒看到什麼課表啊！你這觀察力不一般啊，要不是有你這個線索，我們大概都要死在這了。」老陳極少對人讚譽有加，這是眞正見識到F的能力。

F呵了一聲，忽然問：「你玩過五子棋嗎？必須在對方出手前先預判每一步，不動聲色掌握主導權，才能得到勝利。」

莊天然心頭一震。

這句話，他記得很清楚，上個案子，封蕭生就是這麼教他的。如此相近的性格、語氣和見解，即使遮掩外表也無法掩飾，世界上不可能有這種百分百巧合。

莊天然不再懷疑，而是肯定了心中積存已久的猜測。

莊天然走進教室，老陳這才注意到他們回來了，臉上明顯錯愕，彷彿看見死人，「你們沒死？怎麼可能！」

熙地回嘴道：「看到我們沒死，不是應該高興嗎？」

老陳一臉鄙視，「哼！哪個被冰棍抓走的能回來？更別提他還追著冰棍跑，根本就是找死！這次算他運氣好，我就看還有幾次機會。」

熙地剛被莊天然救起，聽不得有人罵他，「你這個人怎麼這樣說話？要不是莊哥剛才追過來，我可能已經死了！」

莊天然困惑。怎麼連熙地都喊哥了？

老陳不屑一顧，「所以我說他運氣好，不然死的就不只一個，而是一對。」

萬迷迷眉頭一挑，雙手抱臂，下巴微抬，「跟著你有好到哪去嗎？因爲跟著莊哥，我們現在都活著，跟著你大概早就團滅了。」

莊天然：「……」怎麼連妳都喊哥了？

「莊老弟、小熙地、小迷迷！你們沒事啊！」李哥越過老陳，欣喜若狂地抱了抱他們的肩，「太好了！要是整支隊伍只剩下討人厭的老頭，我這個夢就太痛苦了。」

老陳：「……」

李哥問他們剛才經歷了什麼，怎麼能逃過一劫？南同學饒有興致，向李哥描述得有聲有色，九成都是在誇莊天然有多麼厲害、多麼英明。

莊天然制止不了，只能無奈地聽他誇耀。

「然然，你越線了。」一道挾帶笑意的聲音出現在莊天然耳邊，靜悄悄地到來，猶如夢囈，除了莊天然以外，誰也沒聽見。

「你是不是忘了，他們之中，有一個是凶手。」F說道。

莊天然回頭，看著F，從漆黑的墨鏡、偌大的帽簷，和密實的口罩裡，看不出一絲破綻。

F笑問：「老師的事，你查到了？」

莊天然正要開口，F食指放在口罩前，低聲道：「噓，我們私下說。」

F光明正大地對眾人說，他和莊天然有事商討，借用旁邊教室。

其他人沒說什麼，在遊戲中，玩家私下商量對策、組小團體之類是司空見慣的事，不是每個人都會把話明擺著說，大家心知肚明，能像F這樣直說有事商議的人，已算是大方了。

莊天然跟著F走，南同學在後面喊道：「莊哥！如果他對你上下其手，你一定要叫唷！」

眾人：「……」

他們走進第三間教室，隔了兩間，能確保無人聽見。

莊天然大致上說了自己的發現，以及在教師休息室發生的事。F凝視著莊天然不發一語，比起沉思，更像在觀察。

莊天然問道：「怎麼了？」

F低下頭，微蹙的眉頭充斥著擔憂，「我在想，你有沒有受傷？」

莊天然頓了片刻，斂下眸，眸色布下一道陰影，「正好，我也有話要問你。」

「嗯？」

莊天然抬眼，直視著F：「你是誰？爲什麼要模仿封蕭生？」

F倏然定格，即使只有一瞬，莊天然也確實捕捉到他的震愕。

「然然，你在說什麼？」

「我知道你不是封蕭生。」莊天然斬釘截鐵地道：「不管你的聲音、語氣、行爲，和他再相似，你都不是他。」

接著，莊天然道出一直以來的觀察：「最初在視聽教室，我們選位子的時候，最右側的位子最靠近出口，你和老陳不可能沒發現，但你卻沒讓明顯較弱勢的桃桃坐在最右側，這不是封蕭生會做的事。」

「在眞心話大冒險的環節，你提出要玩眞心話大冒險，目的是要透過遊戲逼劉馨雨認罪，你很清楚，不管她答不出來還是老實作答，都很有可能遭到小Y報復，你這是將她逼入險境。如果是封蕭生，絕對不會這麼做，因爲他在確認凶手是誰之前，不會出手。」

「最後，是因爲佛珠。老陳說了佛珠的用途，我才知道隊伍成員不會固定，上一個案子我確定封蕭生沒有戴佛珠，所以他幾乎不可能再和我同關。」

莊天然像是被侵犯了領地的動物，平時溫馴寡言，此刻變得聲色俱厲：「爲什麼裝成他接近我？你認識他，也認識我，你是誰？」

F停頓許久，出乎意料地，他問道：「封蕭生是誰？」

莊天然本以爲他是明知故問，但沒想到，F做了件意想不到的舉動。

他摘下墨鏡、口罩和兜帽，露出本身的樣貌——雖然髮型和封蕭生極爲相似，氣質也相仿，但樣貌明顯更爲平凡，頂多稱得上清秀。

F說道：「你忘了我嗎？我是室友。」

莊天然震驚不已，感覺指尖發麻，渾身血液凝固。

「即使記憶被遊戲動了手腳，我也不會忘記你。」F從懷裡拿出一張舊照片，上面寫著十年前的日期，照片上是五歲的莊天然，那時的他還會笑，能看出對掌鏡的人充滿信任。

莊天然已不記得這張照片是何時拍攝，但照片上的背景熟悉得刺目，是育幼院的走廊，他永遠不會忘記這個地方。

「然然，那時候，我總是想盡辦法去廚房找東西給你吃，我發過誓，無論如何都要護你周全。所以，我提議玩眞心話大冒險，確實是爲了要逼出凶手，因爲我想讓你離開遊戲。」

「至於視聽教室的座位，當時是因爲老陳拉著我，說要跟我商量對策，我不能明顯表現出對你的偏愛，會讓他對你更加忌憚，甚至對你不利。」

「我之所以沒有表明身分，是怕你在遊戲中動搖，畢竟，在這個世界只要有一分一秒的猶豫，都可能致命，這樣你明白了嗎？」

莊天然想開口說話，才發現喉嚨乾啞，一句話也說不出來——

「莊哥！你快過來，楊靈鬧自殺！」南同學急喊道。

06 遺書

莊天然匆匆回到另一間教室，楊靈右手舉著美工刀，左手手腕有一道血痕，雖被即時制止而不傷及性命，但仍令人觸目驚心。

「不要過來！你們都不要過來！」楊靈幾近瘋狂地喊道，原本聲如蚊蚋的音量，此刻變得無比尖厲。

熙地和萬迷迷正在楊靈面前試圖阻止她。

莊天然問：「怎麼回事？」

南同學說：「剛才我把聯絡簿和教師日誌放在旁邊，楊靈不小心看到了，然後她就……」

她就想起來了。莊天然在心裡補全了剩下的話。

「讓我死！都是我的錯……」楊靈一心求死，泣如雨下，絮絮叨叨地道：「如、如果不是我……如果不是我害怕回到學校，老師就不會死了！」

從她零碎的哭喊中，眾人才得知令人震懾的眞相。

原來，當時楊靈受到霸凌，不幸摔下山谷後，其實並沒有死，只是受了傷。但由於驚嚇過度，她害怕回到學校會再被傷害，於是找地方躲了起來，直到一個星期後，身上的錢都花光了，餓得不得了，才不得已回到宿舍。

然而，等她回到宿舍，得知的就是李美蘭引咎自盡的噩耗。

「都是我、都是我害的！媽媽……媽媽……」楊靈哭喊著只有私下才敢喊的稱呼，喊得撕心裂肺。

莊天然黯然，他見過許多次這樣的場景，次次都讓人觸目慟心，也正是因爲如此，他必須堅定立場，替家屬和死者討回公道。

莊天然斂下情緒，平心靜氣地道：「妳死了，她不會瞑目。」

楊靈淒然淚下，「我要去陪她！我一個人，活在這個世界上有什麼用……」

「我的意思是，殺害她的凶手還沒找到，妳必須振作，協助我們破案。」

楊靈愕然，瞠大血紅色的雙眼，整個身子都在發抖，彷彿承受了比方才更巨大的噩耗，好一會才能開口：「你、你你說，老師……被殺害？」

莊天然於心不忍，面上卻無動於衷，「現有的線索已可以確定這起案件妳不是死者，李美蘭才是。所以這件案子要找的，就是殺害李美蘭的凶手，由此推斷李美蘭並不是自殺。」

楊靈面色刷白，來回看著身邊的人，滿臉驚恐，眼神裡透露出的意思很明確——你們之中，有一個人是殺害老師的凶手？

這時，人群中傳來大笑。

「哈哈哈！這麼說，楊靈就是老師要找的小Y，而且，也是家屬吧？那還找什麼凶手？我們把楊靈交出去，遊戲就結束了啊！」老陳欣喜若狂，整個人散發著重獲新生的喜悅，彷彿勝利就在眼前，絲毫不認爲這麼做等於是讓楊靈送死。

莊天然早已料到或許有人會有這般反應，畢竟無論是凶手或家屬死亡，都能結束關卡。

莊天然擋在楊靈面前，意外地，萬迷迷率先開了口。

萬迷迷一面擦著不知哪來的指甲油，一面說道：「好啊，你去送，你拿去給冰棍，看她會不會感謝你。」

誰敢接近冰棍？就算把楊靈交給她，誰知道她會不會突然變臉，把眼前的人都殺了。

老陳臉色一僵，顯然也明白這個道理。

莊天然說道：「而且，照本案邏輯，老師爲什麼要找到楊靈？或許，只是因爲執念。她對楊靈有虧欠，所以我認爲，即使把楊靈交給她，她也不會傷害楊靈，案件不會結束。」

楊靈聽完莊天然的話，頓時悲從中來，泣不成聲。

老陳陰著臉，閉口不言。

莊天然問楊靈：「妳對老師了解多少？她有沒有曾經和誰不對盤？」

楊靈陷入了回憶，呆呆望著空氣，停頓很久，才緩緩說道：「老師，雖然很嚴肅，但是個好人……」

她記得剛來學校的第一天，因爲人生地不熟，本來就不擅長說話的她，更是怕得一個字都說不出來。

同學們笑她啞巴，還想搶她的娃娃，說她那麼大了，怎麼還在玩娃娃。

她不肯把娃娃交出去，他們就打她，把她鎖在廁所裡。

她在廁所裡偷偷哭泣，怕被聽見又會被嘲笑。她不需要朋友，娃娃就是她最好的朋友，會安靜地聽她說話，不會嘲笑她，也不會離開她。

原本她已經習慣保持沉默，但老師卻不斷來打擾，每節下課，老師都會來找她。

她更害怕了，她連跟同學說話都有困難，更別提對象是老師，她只能一直逃跑。

有一天，老師在聯絡簿裡提到了她的娃娃：「小Y，妳害怕和同學說話嗎？把同學都當成跟妳的布娃娃一樣，就不會害怕了。」

老師沒有嘲笑她總是帶著娃娃，也沒有像其他大人一樣叫她不要再玩娃娃。

一開始她不明白是什麼意思，隔天她到學校，發現抽屜裡多了一個布娃娃，還放著一張老師畫的塗鴉。

塗鴉是兩個娃娃很愉快地曬著太陽，在花園裡散步，一個娃娃是她的娃娃，另一個娃娃是她抽屜裡、穿著紅裙子的娃娃，寫著「李」。

這個娃娃做得歪七扭八，和老師正經八百的形象相差很大，但能看出對方雖然不善於手工藝，仍做好了一個娃娃。

她帶著娃娃去找老師，老師看見她時，笑得很開心，說：「妳來了。」就像是歡迎一個老朋友。

沒有驚訝，沒有發問，只是簡簡單單的一句話，讓她感到輕鬆。

在那之後，老師還是會天天在聯絡簿上和她說話、分享近況，雖然她仍然不知道如何回覆，不過她每天都會滿懷期待地打開聯絡簿，看看老師又和她說了什麼。

後來，老師提議舉辦運動會，在練習的過程中，因爲要組隊，她半推半就地加入群體，意外地，並不是每個同學都那麼可怕，尤其當她跑步的時候，他們時常圍在她身邊替她加油，爲她鼓掌。

她這輩子，從來沒被人關注過，更別提是掌聲。

她鼻腔一酸，忍了很久，才沒有流下眼淚。

之後，她開始有了一起說話的朋友，也有了自信，她知道，這些都是老師爲她做的。

她第一次主動在聯絡簿問老師：「李老師，妳爲什麼要對我這麼好？」

隔天，她收到老師的回答。

老師說：「我們對一個人好不需要理由，只要妳有多餘的能力去愛別人，那就可以去做。而且，妳是老師的孩子。」

她的眼淚浸濕了聯絡簿。

從那之後，她每天下課都會去找老師，假日老師還會陪她出門，帶她去圖書館念書。

老師給了她從未有過的溫暖，隨著彼此越來越熟悉，她才發現老師並不像外表那樣堅強，老師長期服用身心科藥物，儘管表面看不出來，其實也有脆弱的一面。

但正因爲如此，老師才能理解她內心的敏感與悲傷，她很喜歡這樣的老師。

她們越來越靠近，就像是一對親生母女。

老師告訴她，自己一直很想要孩子，試過很多方法都無法懷孕，但現在，她有楊靈，還有這裡的孩子。她這輩子的願望，就是給這些無依無靠的孩子們最好的教育環境。

老師說：「讓老師收養妳好嗎？」

一直以來，她都不敢在別人面前掉淚，怕惹人厭，但這回她再也止不住淚水，在老師面前嚎啕大哭。

老師紅著眼眶，微笑抱住她：「妳就是老師的女兒，永遠不會變。」

說好了，一萬年不會變。

她們度過了一段不短也不長的幸福時光，直到老師意外懷孕。

原本應該是喜事，卻讓老師的精神狀況每況愈下，老師因爲長年不孕，對自己毫無信心，十分擔心寶寶的安危，因此得了產前憂鬱症。

雪上加霜的是，那陣子，她又被班上的同學盯上了。

起因是她的課業成績好，同學要求她幫忙作弊，她不想欺騙老師，所以拒絕了。

接著，她們開始聯合學長刁難她，過往的恐懼再次出現，她不敢對任何人說，而唯一能訴說的老師，狀態也十分不好，她害怕會讓老師病情加重，於是隱瞞著沒說。

後來，她們的欺凌越來越嚴重，甚至會在放學後跟蹤她。她害怕地躲到後山，不知不覺越跑越裡面，但還是被她們抓住。

再後來，事情就發生了。

老師過世後，她努力變成老師希望她成爲的樣子，變得樂觀、積極，不再畏畏縮縮，不再受到欺負，但在她內心深處，還是懦弱的楊靈。

楊靈說完，潸然淚下。

萬迷迷低頭不語，熙地悄悄抹去眼角的淚珠。

莊天然終於明白，那兩個娃娃的意義。

難怪李美蘭會跟著娃娃，因爲那也是她對楊靈的執念。

莊天然深思，「妳記得霸凌妳的人是誰嗎？李老師的事說不定和那些人有關。」

「我……我記得……我剛才，想起來了……」

「是誰？」

「就是劉馨雨、林琪、阿虎和齊峰……」

莊天然思忖，之前F推測劉馨雨是霸凌者的一員是正確的，一開始這四人也走得很近。但他們已不幸喪生，所以霸凌者與老師的死無關嗎？還是說，背後還有其他主導者……

莊天然道：「當時李老師是怎麼出事的？事故現場有什麼異狀嗎？」

楊靈早已臉色蒼白，彷彿隨時都會倒下，她撐著桌子，難受地說：「我……我只聽說，老師是在辦公室……」

萬迷迷說道：「妳別說話了，有問題問我吧。」

熙地在一旁眼冒愛心，只差沒有搖旗吶喊：迷迷好帥、好美、天下第一！

萬迷迷道：「我聽說，當時李老師是在辦公室服毒自盡，以往李老師都會固定在中午服藥，所以沒人察覺異狀，等發現時，已經倒地昏迷了。」

莊天然皺眉，「難道沒有人懷疑是遭人下毒？」

一般而言，如果是引咎自殺，大多不會選人多的地方，尤其像李美蘭這樣有責任感的教師，照理說不可能選擇在中午十二點，學生還在校內的辦公室裡自殺，難道都沒有人懷疑？

萬迷迷沉默，熙地握住她的手，給予她力量，然後說道：「其實，有不少跟李老師交情好的學生爭取過，大家都相信老師不可能會自殺，但都被學校擋下了……有傳聞說，學校想掩蓋事故，因為霸凌失蹤案已經上了新聞，我們學校本就風評不好，校長一直想挽回形象，所以警察來的時候，辦公室裡的證據都被處理掉了，再加上……老師的抽屜最底下，留下了一封遺書。」

什麼？

熙地艱難地道：「據說老師當時精神狀態不太好，遺書裡只留下銀行、金庫的密碼等資料，請師丈幫忙處理，沒有多餘的遺言，就像對人世毫無留戀……所以我們不得不相信李老師是自殺。」

莊天然眉頭深鎖，「會不會是有人偽造遺書？」

熙地搖頭，「警方鑑定過字跡確實來自李老師，師丈也證實那些帳號和密碼都是正確的，所以最後才會以自殺結案……」

現在問題來了，如果李老師是他殺，爲什麼會留下遺書？

莊天然百思不得其解。

萬迷迷忽然道：「等等，我想起來了……有一件事很奇怪，李老師出事的時候，隔壁班有幾個同學很開心，還去唱歌慶祝。」

「誰？」

「楊昊和何潔。」

莊天然一頓，覺得這兩個名字異常耳熟……他們不就是「殺手社團」的成員之一嗎？難道李美蘭的死和他們有關？或許，她是查到了什麼，而被滅口！

莊天然轉頭問楊靈：「關於那個『殺手社團』，李美蘭查到了多少，妳知道嗎？」

李美蘭死前查了哪些學生？又或者，查到的不是學生，這個社團也可能有校外人士介入，嫌犯不一定在學生之中。

楊靈一聽見「殺手社團」，驀地想起什麼似地，渾身哆嗦，驚懼地重複道：「不要、不要，都、都是我！都是我把社團的事告訴老師！如果、如果我沒告訴她，她就不會死了！」

楊靈過於激動，竟然拿頭去磕牆，莊天然趕緊制止。

這時，F開口：「以她現在的情緒狀態，不適合作證人，而且，你們沒發現嗎？時間變快了，我們該回宿舍了。」

F指著教室圓鐘，時針竟變成秒針，一秒一格，時間飛快地流逝，已經來到晚上六點。十點是熄燈時間，依照規定，所有人必須回宿舍。

他們收拾東西，趕緊往宿舍走，萬迷迷和熙地扶著楊靈，李哥牽著桃桃，F原本想和莊天然一起走，莊天然卻避開了與F眼神接觸，F有些落寞地離開。

南同學問道：「莊哥，你怎麼了？看起來很難過。」

莊天然一愣，「你是第一個這麼說的人。」畢竟，他沒什麼表情。

南同學撓了撓臉，「一個人臉上的喜怒哀樂未必是眞實的呀，所以你爲什麼難過？」

莊天然沉默片刻，說道：「我只是突然發現，如果今天換作是我的案子，我可能認不出自己要找的那個人，即使他就在我面前，我也認不出他。」

他對F一點印象都沒有，他也有可能……忘記室友，忘記那些回憶嗎？

南同學努力思考一會，「就算認不出來，眞心愛過的人，再次見面也會重新愛上吧？你們還是能跟以前一樣，不是嗎？」

莊天然頓了頓，「你說的論點，我沒想過。」他鬆開了緊鎖的眉頭，「但你說的對，謝謝。」

南同學朝他笑了。

莊天然道：「對了，今晚很重要，要顧好楊靈，現在所有人都知道她是家屬，凶手很有可能挑今晚動手。」

「可是……」

「怎麼了？」

「十點過後要睡美容覺耶。」

「……」他開始懷疑，自己究竟要不要把南同學說的話當一回事了。

他們回到宿舍，宿舍牆上的鐘指向九點四十五，時針和指針沒有異常，看來加速停止了。所有人各自回房間等待熄燈，莊天然回到房間後，從書包裡拿出李美蘭的藥袋。

他剛才順手從辦公桌上把藥袋帶出來，當時只是隱約覺得事有蹊蹺，因爲辦公室裡的所有物品都積滿了灰塵，只有李美蘭的桌面物品、藥袋和那杯水是乾淨的，就像剛用過一樣。

他本以爲這個線索只是爲了表示李美蘭有精神方面的疾病，但現在看來還有別的意思……

莊天然打開藥袋，裡頭有藥單，以及三個小夾鏈袋，分別裝著不同顏色的膠囊。

藥單上寫著三種藥物的學名、成分和副作用等等，看起來沒有異常，再取出三種藥物，打開膠囊，倒出粉末——三個不同成分的膠囊裡，裝的竟然都是相同質地的白色結晶。

莊天然搓了搓粉末，湊近鼻尖聞一聞，他懷疑，這是氰化鉀。

氰化鉀屬於毒殺事件常用的藥物之一，多年前街邊隨機下毒事件也是使用氰化鉀，雖然有嚴格的藥品管制，但據說網路上仍有不良管道能購買。

如果李美蘭想服毒自殺，不須大費周章把氰化鉀藏在膠囊裡，可以見得，李美蘭確實是遭人謀殺。

這些膠囊，就是李美蘭的死因。

由於這是決定犯罪手法的重要證據，光靠嗅覺聞不出明顯氣味，無法斷定是氰化物，在沒有檢驗器材的輔助下，莊天然只好……淺嚐一口。

淡淡的苦杏仁味頓時蔓延開來，果真是氰化鉀。

「啪！」房間內的燈暗了，熄燈時間到來。

莊天然拿出手電筒，打開了門，黑暗纏繞著整條走廊，安靜得恐怖，每一扇緊閉的門背後都不知藏著什麼。

莊天然義無反顧地踏出房門，走下二樓，手電筒照亮門上的數字，他確認了房號，來到楊靈門前。

他盤腿坐下，守在門口，閉目養神。

儘管閉著眼，依舊隨時注意四周的動靜，一坐就是好幾個小時，他再次睜開眼，看見走廊上的時鐘來到五點二十五分。

即將六點，熄燈時間快要結束，等過了晚上，凶手想要動手就沒那麼容易。

不過，現在才是最危險的時刻，因爲熄燈時間進入他人房間會違反規定，所以凶手最佳的動手時機，就是熄燈結束的那一刻。

「噠……噠……」樓梯下方傳來腳步聲，有人走上來了。

莊天然綳緊神經，做好面對凶手的準備，但腦中忽然閃過一個想法——樓下是交誼廳，熄燈後所有人都在房裡，誰會從一樓上來？

接著，他便看見一顆頭出現在樓梯口，來者頭彎得很低，一頭長髮及地，在地上拖行，四肢扭曲得像節肢動物，緩慢地爬上樓梯。

「小Y呢……小Y呢……」李老師嘴裡不停重複道。

莊天然寒毛直豎，原本想著「完了，她會來找楊靈」，但沒想到，李老師看也沒看莊天然，繼續往上爬。

莊天然擔心出事，牙一咬，悄悄跟在她身後，觀察她究竟要去哪裡。

他無奈地在心裡自嘲：一般人都怕被怪物跟蹤，自己是反過來跟蹤怪物啊。

眼看李老師來到四樓，四肢僵硬不自然地爬到一扇門前，停下。

——那是南同學的房間。

李老師指甲刮著門，發出尖銳刺耳的聲音，淒厲地道：「出來啊……出來啊……」

一開始只是刮門，之後越來越急，最後幾乎是拍打門板，「砰！砰！砰！」她一面撞著門，一面不停喊道：「出來啊……出來啊……」

李老師怎會找上南同學？莊天然蹙眉深思。

其他房間陸續傳來恐懼的尖叫和啜泣聲，誰也受不了門外有個怪物，長時間的撞門更讓人精神崩潰。

南同學沒有應門，房內就像無人一樣安靜，李老師一直敲，一直敲，一直敲，不知敲了多久，她忽然停下，喃喃自語道：「快六點了……快六點了……」

說完便轉身朝樓梯走來，莊天然一愣，趕緊回到二樓走廊，李老師像是沒發現他似地，緩緩爬到一樓，離開了。

莊天然終於鬆了口氣，下意識看向走廊上的時間，指向六點零七分。

嗯？不是已經超過六點了嗎？她怎麼會說是「快六點」……

「啪！」宿舍的燈亮了。

當燈光亮起時，莊天然有一瞬愣怔，因爲他還沒見過熄燈結束的情況，之前六點時他們都在視聽樓和教學樓，不曉得燈會自動打開。但現在他知道了，這代表熄燈時間結束。

也代表著現在才是六點整。

莊天然再次看向牆上的鐘，寫著六點零八分。

他終於明白，時鐘有問題！

雖然宿舍裡的時鐘表面上看似毫無異狀，但假設每小時被調快一分鐘的話，從肉眼上根本看不出來，雖然只是短短一分鐘，但經過八個小時，就會多八分鐘，然而，這八分鐘可能會導致嚴重的後果……

莊天然心想不妙，可能會出事！

他馬上轉身跑到楊靈房間，楊靈的房間位在二樓最裡面，才剛走近，便聞到一股濃濃的鐵鏽味——

楊靈房間的門縫底下流出鮮血。

莊天然倏地打開門，一個毫無聲息的人倒臥在血泊中，竟然是老陳。

八小時前，他們回到宿舍後，莊天然曾私下對楊靈說：「今晚千萬別出門，我會把妳的房卡換到隔壁的房間。」

這麼一來，就算凶手想對楊靈下手，也會跑錯房門，再加上他會守在假的房門口，讓凶手誤以爲這就是楊靈的房間，並且心生戒備，不會輕易靠近。

但莊天然沒料到，時鐘上的時間會被快轉、李老師會出現，於是讓老陳有機會潛入房間，卻因爲錯估時間和地點，而遭到殺害。

地上有一條被拖拽的痕跡，老陳曾經掙扎過，卻仍被冰棍拖進房內。

莊天然隨即探了探老陳的鼻息，不幸已經斷了氣，老陳瞠著雙眼，瞳孔放大，彷彿死前看見了什麼極其恐怖的畫面。

老陳右手舉著刀，左手往下靠近口袋，緊緊握著一封信。

莊天然面色沉重地替老陳合上眼，拿起他死前握在手裡的信。

這封信是白色的，十分乾淨完整，信封袋上塡妥了姓名和地址，筆跡工整，像是早有準備。而信封的背面貼著一張黃色便條紙，字跡明顯較爲潦草，筆墨顏色也不同，看起來是不同時間所寫，正方形的便條紙上寫道：

Ｆ或莊天然，如果你收到這張字條，白色信封是我的遺書在三年前，我女兒死了，我要替她討回公道，凶手沒有被關，我不能瞑目，所以不惜一切代價，即使殺人，我也要查明眞相。莊天然，我跟你不對盤，說來可笑，我卻知道你最可信。如果你同情我這個父親，請把信交給我的妻子

莊天然閉了閉眼。

老陳的身體化成灰燼，消失在房間裡。

莊天然垂下眸，默默地道：「放心，這封信，我一定會交出去。」

即使他不認同老陳的做法，仍爲一個曾經聲如洪鐘地和自己交談、從今以後卻再也無法說話的人感到悲傷。

老陳的死，會在一些人心中留下永遠的傷痕，好比他信上提到的妻子。所以無論如何，莊天然都希望能全員離開。

老陳消失後，四周場景沒有任何變化，這表示，老陳並不是案子的凶手，凶手另有其人。

07 火車快飛

莊天然走到一樓，坐在圓桌前沉思。

一會後，南同學牽著桃桃下樓，一臉精力充沛，活力十足地道：「莊哥，早安呀！你昨晚有睡好嗎？」

莊天然沉默一瞬，「應該是我問你昨天睡得如何，李老師敲了一整晚。」

南同學驚恐道：「敲什麼？她出現了!?」

「你都沒聽見嗎？」

南同學撓了撓臉，靦腆地說：「我睡著了。」

「……」莊天然不知道是否該用單純形容他。

沒多久，楊靈、熙地、萬迷迷和F等人也下了樓。

熙地說剛才遇到李哥，李哥說昨晚被吵得睡不好，一直夢到自己上酒店被正牌女友拍門，要再多睡一會。

莊天然心想：他們真是一個比一個單純。

F回頭看了一眼樓梯，眼神像是在問：「老陳呢？」

莊天然對眾人說道：「昨晚老陳走了。」

眾人驚呼出聲，雖然老陳爲人不討喜，但也算是團隊裡的支柱之一，老陳一死，讓許多人倍感震驚和恐懼……連老手玩家都無法倖免，他們還能活下來嗎？

「昨天李、李老師來了吧？我聽見她一直敲門！」熙地顫抖著說。

楊靈的臉色也十分蒼白，畢竟遊戲裡的李老師只是個NPC，並不是眞正的李老師，她會害怕無可厚非。

莊天然說道：「現在最要緊的是盡快找出凶手和關鍵證物，才能避免其他傷亡。老陳死前留了一封遺書，大概是他進入這個世界後，爲了以防萬一，所以一直帶在身上，這件事讓我想到一個可能——會不會，李美蘭的遺書其實也是提前寫好的？」

不是爲了「自殺」而準備，而是未雨綢繆。

當時李美蘭在調查殺手社團，生命隨時受到威脅，以她細膩的性格，很有可能會提前準備遺書。

莊天然提出的猜測讓眾人陷入思考，接著他又拿出李美蘭的藥袋，擱在桌上，「李美蘭每天中午固定服用藥物，這件事誰知道？」

熙地看了看萬迷迷，猶豫一會，說道：「應該，我們學校的人都知道，不少人都看過她在辦公室吃藥，她班上的學生以前很常拿這件事開玩笑，說她把藥當飯吃，還有人直接叫她神經病……」

莊天然沉默半晌，「這裡面的膠囊，被人替換成毒藥，我懷疑這是關鍵證物，但藥袋裡目前沒發現能指向誰是凶手的線索，所以這論點暫時存疑。」

所有人盯著藥袋，彷彿要把它盯穿一般，恨不得現在立刻毀掉。

但莊天然卻收回了藥袋，放進口袋，「這個東西，暫時放我這裡，非到迫不得已，我不會破壞。」

眾人臉色不一，萬迷迷率先發難，冷冷道：「你這話不是互相矛盾了嗎？一方面說要快點解決關卡才能避免傷亡，一方面又不破壞關鍵證物，管它是不是眞的，毀了不就知道？」

由於剛有老手死去，又歷經整晚敲門的折磨，她們明顯心浮氣躁，迫切想要離開。

莊天然正想回答，F先開口，替莊天然解了圍。

F說道：「我曾在一個關卡裡見過，有人找到一把鑰匙，許多人認爲那就是關鍵證物，於是他們把它毀了，但關卡並沒有結束。後來，他們被困在一間密室，才發現唯一離開的方法，就是那把鑰匙。直到現在，他們或許都還被困在那間密室，求生不得，求死不能，直到永遠。」

眾人一陣雞皮疙瘩，再也沒人敢提銷毀藥袋的事。

F摘下墨鏡，朝莊天然笑了笑，「所以說，在確定之前先別下手，我說的對吧？然然。」

莊天然頷首，他的想法的確如此，同時也不想破壞任何一個跟案件有關的證物，或許會影響斷案。

莊天然對上F的眼睛，面色毫無異樣，放在口袋的手卻下意識捏了捏兜裡的紙團，那是老陳留下的紙條，已經被他揉得難以辨認。

事實上，剛才莊天然一個人坐在圓桌上時，又看了一會老陳給的紙條。

由於用的是便條紙，紙條是正方形，每個字都剛好寫到底，因此他一開始並沒有發現異樣，但他看著內容，越想越覺得奇怪。

這張便條紙的開頭明明寫著給他和F，而且F也確實是隊伍裡與老陳較熟絡的成員，有許多事老陳只找F討論，能看出老陳在破關方面很信任F，但爲什麼紙條裡老陳只和他對話？尤其開頭第一句話和結尾最後一句話，都只用了「你」，而不是「你們」，彷彿這張便條紙……是只寫給他的。

莊天然又仔細觀察一會，一旦有了猜疑，很快就能發現其中隱藏的線索——這是一封藏頭信。

把紙條裡每一行的第一個字分開來看，就能看到老陳想告訴他的話：

「F」

「在」

「關」

「查」

「你」

這張紙條並不是要寫給F的，是只寫給他的。

開頭那樣寫只是障眼法，避免如果不小心被F看見，會立刻暴露他想傳達的話，錯字也是爲了隱藏訊息。

熙地發出一聲嘆息，把莊天然的思緒拉回來。

「其實我一直不太懂，李老師過得這麼痛苦，甚至還要吃藥，爲什麼不離開？爲什麼還要待在我們學校？」熙地趴在桌子上，語氣有些消沉。

莊天然回想在教師日誌裡看到的內容，李美蘭有自己的理想，而她最後成功了，或許這份成功不容易，但正是有李美蘭的努力，才換來他們學校一些好的轉變。

莊天然說道：「確實，一個人受到如此迫害，應該量力而爲，但她應該是衡量過了，最後選擇堅持下去，而且她也確實成功了。」

「的確是這樣沒錯……其實以前我們大家都很怕經過走廊，因爲一不小心就會被針對，但是自從運動會過後，大家慢慢變熟了，越來越多人會在走廊上聊天，去上廁所也不用害怕了，我們眞的很感謝李老師……」熙地說著說著便哽咽了，「但、但是，如果李老師不要忍受這些，早點離開學校，或許就不會死了……」

莊天然拍了拍熙地的肩，正色道：「她的選擇沒有錯，害她遭遇不幸的並不是她的選擇，而是凶手。」

熙地含著淚，默默點了頭。

「所以，我們更應該找出凶手，讓受害者能夠善終。辦公室裡有監視器嗎？如果有監視器，也許就能查到是誰下的毒。」

熙地搖頭，「我們學校沒有監視器，因爲有些人會到處破壞監視器，爲了做一些偷雞摸狗的事情，學校修了幾次，後來就不修了。」

莊天然思索，沒有監視器，難怪會成爲懸案。

「整合現在所有線索，能確定的是李美蘭死於毒殺，地點在辦公室。辦公室是開放空間，誰都可以進入，凶手未必鎖定在學生之中……」莊天然說道：「目前剩下的成員身分，除了高中生以外，還有小女孩、夜班管理員、正職人員、大學生。」

小女孩基本可以排除，以她的年紀，首先不容易進入學校，再者是難以擁有毒物，更別提做出把毒物放進膠囊裡的精細動作。

夜班管理員有一定的嫌疑，管理員熟知保安運作系統，在夜晚潛入學校，並對李美蘭的藥品動手腳，不是不可能。

正職人員也有嫌疑，因爲正職人員涵蓋範圍太廣，正職老師、主任也算在正職人員裡，所以有可能是李美蘭的同事所爲，畢竟李美蘭時常提出與校方相反的意見，可能招人怨恨。

最後是大學生，大學生嫌疑較小，主要原因和小女孩一樣，以他的身分較難進入校園，但也不能排除大學生有兼職的可能，假設他在貨運、維修處理中心打工，很可能以送貨或者修繕機械爲由進入學校。

至於他們對李美蘭的殺機，目前尚未明確，依照他對於校園案件的認識，不少犯罪集團會利用學生尚未社會化、易於煽動的心理，鼓吹學生犯罪，爲自己牟利。

假設凶手是校外人士，那麼殺機很可能就是因爲李美蘭的介入，甚至掌握了一些線索，可能會造成他們利益受損，或被警方逮捕，所以他們才會除掉李美蘭，以絕後患。

如果凶手是校內人士，一是學生，二是同事，兩者的殺機很可能都是源自於李美蘭試圖改變校園現況，以及挖出「殺手社團」的眞相，引發他們的憤恨。

不過，這些也僅是猜測，與命案確切相關的線索太少，只能從所有可能性去推敲，再去尋找線索佐證，在找到能夠定案的證據以前，還有無數種可能。

莊天然說出自己的想法，眾人紛紛陷入思考，接著F說道：「還有一個重要的線索——壽星。從我們進入遊戲，同學們就不斷強調『壽星』，這個線索除了代表活人以外，會不會還有什麼意義？」

莊天然赫然想起，他們都忽略了壽星這道線索，因爲乍看與案情無關，但F說的沒錯，如果冰棍不斷強調，那麼很可能不只是代表活人的代號。

F看向眾人，「『壽星』代表什麼？難道是李美蘭的生日嗎？所有冰棍都竭盡所能要殺死『壽星』，爲什麼？」

「我知道了！」南同學忽然開口，所有人一臉驚喜，但看到南同學的笑容又開始懷疑，這人說的話能信嗎？

南同學說道：「是因爲嫉妒吧？」

嫉妒？

南同學目光環視眾人一圈，似乎發現沒人聽懂，補充道：「因爲他們已經死了，過不了生日啦！」

眾人：「……」這一分鐘到底發生什麼事了，爲什麼我們要聽他的看法。

莊天然轉向楊靈，「楊靈，李老師的生日是什麼時候？」

「十二月二十七號……」楊靈說完，看著莊天然欲言又止。

十二月……與李美蘭出事的六月前後相差整整半年，實在想不出關聯性。莊天然原本正在思索，注意到楊靈猶豫的目光，問：「怎麼了？妳有話想說嗎？」

當眾人把視線全部投射到楊靈身上時，楊靈又說不出口了，只是拚命搖頭。

莊天然明白了情況，平和穩重地對楊靈說：「我明白妳這兩天受到的打擊，也知道這裡的環境和時間的緊迫性，給人帶來多大的壓迫感，但妳不須給自己太大的壓力。」

莊天然看著楊靈的眼睛，像是要望進她的內心，「妳不用想出多重要的線索，只要一點一點告訴我們妳知道的和妳遇到的事情，就算很零散或者微不足道也沒關係，我們會一起想辦法找出答案，我們是一個隊伍，妳不是一個人。」

楊靈頓了頓，倉皇地避開了莊天然的目光。

莊天然最後道：「更重要的是，這裡的時間雖然緊迫，但這短短幾天卻是妳唯一能讓李老師討回公道的機會，妳只須問問自己，如果今天放棄這個機會，以後會不會後悔？」

楊靈雙眼呆滯，毫無焦距的目光望向地板，鬆開了緊握的拳頭。

莊天然的談吐平平穩穩，不輕不重的語氣不只安定了楊靈，更鎮定了所有人。原先隊伍中瀰漫著焦躁恐懼的情緒，隨著莊天然按部就班的分析和闡述，在不知不覺中漸漸緩解，讓人有股錯覺，覺得如果照這樣進行下去，他們一定能一步步揭開案件的眞相，離開這裡。

「我……我可以提供那個社團的線索……」楊靈終於開口。

經過一個晚上的沉澱，加上莊天然的鼓勵，楊靈似乎鼓起了勇氣，「你說的對，如果我不振作起來，誰來幫助老師？只是……我本來不敢說，因爲我怕……你們有人是凶手……」

莊天然意識到，從楊靈的角度，要在凶手面前開口有難度，她等於是在爲凶手提供線索，也怕引起凶手的憤怒。不過，楊靈是家屬的事已經被所有人知曉，現在就算隱瞞也沒用了，只能儘可能保護她，絕不能再犯上一案害莉莉險些被殺害的錯誤。

「其實……老師出事不久前跟我說過，她找到一份證據，是社團成員的資料，還有誰、誰是幹部……」

楊靈的話，令在場所有人大爲震驚，這絕對是強而有力的指向性線索，如果上面寫了在場誰的姓名，那個人很可能就是凶手。

莊天然問道：「妳看過了嗎？在哪裡？」

楊靈搖頭，「老師不希望我介入，她只跟我說放在辦公室有風險，所以藏在操場中間的草地，她怕我一個人去找，又怕自己出事從此沒人知道證據，才告訴我一個跟藏匿位置有關的線索……後來，老師過世了，我很痛苦，很久都不敢回想關於老師的事，然後就畢業了……」

「操場在哪裡？線索是什麼？」他們所在的空間，只有四棟樓，並沒有看到操場。

楊靈面有難色，一會後，艱難地說：「在……學校中間。」

也就是，那團濃霧裡面。

莊天然一愣。

「線索是……老師跟我說：『如果老師出了事，妳不可以自己來，必須找八個朋友，站在操場一號跑道的起跑線，和白線保持平行，往草地的方向，雙手左右伸直，一個拉著一個連成一直線，在第八個人站的草皮底下，就是老師藏名單的地點。』我猜，老師應該是覺得我不敢去找人幫忙，非必要不會這麼做，所以她才會這麼告訴我。」

萬迷迷傻眼，「等等，這麼說的話，如果要找到線索，不就我們所有人都要進去嗎？濃霧不是通常代表不能進入？那是遊戲不能進去的地帶吧？」

莊天然心想：也不一定，他第一次見到封蕭生，對方就是從濃霧裡走出來……雖然封蕭生不能當作常規來看。

莊天然問在場闖關經驗較多的F，「F，濃霧能夠進去嗎？」

F思索一會，「能，不過……」F停頓片刻，在莊天然耳邊說道：「出來非死即傷。」

意味著濃霧並不是一進去就會死，但的確是最爲凶險的地方。

莊天然看向瑟瑟發抖的楊靈、熙地和萬迷迷，以及坐在地上畫圖的桃桃，該怎麼保障所有人在濃霧裡的安全？

「莊老弟、莊老弟！」樓上傳來呼喊的聲音，李哥跑下樓，「我的打火機在哪裡？」

莊天然心想：嗯？爲什麼問他？

李哥道：「是不是昨天不小心放你房間了？」

李哥在說什麼，他根本沒來過自己的房間……

莊天然本以爲是李哥睡糊塗了，但對上李哥深棕色的眼瞳，他突然心領神會——李哥有事找他，而且必須私下交談。

莊天然上樓，兩人一前一後進入房間，李哥從口袋裡掏出菸盒和打火機，點燃一根，抽了起來。

果然，打火機並沒有弄丟。

隔著煙霧，李哥的眼神灰濛濛，「我昨晚又作到預知夢了。」

莊天然已經很習慣李哥說自己夢到些什麼，但李哥的臉色卻不同於以往的漫不經心，而是陰霾密布，他抖了抖菸蒂，淡淡地說：「在霧裡，你會死。」

什麼？

李哥沒有繼續說話，而是默默抽著菸。

莊天然還沒來得及消化這個令人震愕的消息，便聽見門口傳來一聲驚呼：「你說什麼？莊哥會死？」

南同學不知何時開了他的房門，雙手摀著桃桃的耳朵，手足無措地說：「桃桃說原子筆沒水了，要找莊哥，所以我們才上來……你剛才說，莊哥會死，是眞的嗎？」

此時，一樓交誼廳。

眾人議論紛紛，熙地和楊靈圍著F，緊張地問東問西。

熙地問：「大佬，你之前進去濃霧是怎麼樣的情況？在霧裡什麼都看不見吧？會、會有冰棍嗎？」

F說道：「能見度大約兩公尺，冰棍，自然是有的。」

熙地問：「兩公尺？那多遠啊？」

「差不多我和妳現在交談的距離。」

「那不是很近嗎？這樣根本看不見旁邊有沒有冰棍！」

F不置可否。

萬迷迷打開粉餅盒，照著鏡子，拍了拍粉，「難道我們非得進去送死嗎？」

F說：「可以不進去，其實，還有一個解法，只需兩個人進去。第一個人接第二個人，接著第一個人再跑去接第三個人的位置，以此類推，就能完成八人連線。」

熙地恍然大悟。

「好。」萬迷迷點頭，蓋上粉餅盒，「那我們就全部一起進去。」

其他三人愣了愣，沒人明白爲何會得出這個結論。

萬迷迷看向熙地和楊靈，「以莊哥的個性，他肯定會自告奮勇進去，如果他在裡面發生什麼事，妳們覺得我們剩下來的人，能活下來嗎？這裡的人，妳相信嗎？」

熙地顫抖著說不出話。

迷迷說的沒錯，她們同一所高中，嫌疑最大，之所以能活到現在，是因爲莊哥一直在保她們，如果莊哥出事了，她們不可能敵過F、李哥等人，很有可能成爲第一個被除掉的目標。還不如所有人一起進去濃霧，運氣好的話就能破關，得到一線生機。

熙地用力點頭，「好，迷迷說的對，我們一起進去！」

楊靈雖然眼神游移，緊張得發抖，但也點了頭。

F深思半晌，「以我的建議，最好別進去，在霧裡有可能會走散……」

「我有個方法不會走散。」莊天然的聲音從樓梯上傳來，他走下樓，身後是南同學和李哥。

「莊哥！你有辦法了嗎？」熙地驚喜道。

莊天然隻字不提李哥的預知夢，彷彿不曾聽過自己的死期，平靜說道：「火車快飛。」

熙地和萬迷迷：「……」這不是兒歌嗎？難道我們要接「穿過高山越過小溪」……

「我們只須肩搭著肩走進去，即使什麼也看不見，也能確保不會走散。」

莊天然的提議讓眾人恍然大悟，確實是個方法。

而且，這麼做也能讓她們感受到同伴就在身邊，降低恐懼感，在她們如獲新生般喜悅之際，並未注意到莊天然沉下的臉色。

得知自己的死期，他確實產生過猶豫，心中閃過很多想法，最後還是決定，即使有可能喪命，如果能找到線索，他還是會進去濃霧。

在他當警察的時候，見過許多生死現場，生活中處處都有可能遇到死劫，爲了一個可能而不去行動，永遠無法走到第十關。

假設那個結局已經註定，那麼就算他什麼都不做也會成眞，如果那個結局並非註定，那麼只要做好準備，他還有機會挽回。

大多數的人都不知道自己的死期，而他知道了，反而是個機會。

一行人走出宿舍，站在走廊上，眼前就是未知的濃霧。

莊天然伸手觸碰濃霧，灰白色的煙霧在指間流轉，無色無味，有一些濕氣，帶來一絲涼意，看起來就像山中的迷霧。

最終他們決定隊伍的順序，最前頭是莊天然帶路，第二個是楊靈負責指引，第三個是南同學負責保護楊靈，第四、第五分別是萬迷迷和熙地，她們堅持要在中間，第六個是被安排在她們後面的桃桃，第七個是李哥，李哥自願站在女士們身後貼身保護，最後一個殿後的是F，負責確認沒有人脫隊。

排好隊形後，他們肩搭著肩，一步步踏進迷霧。

莊天然走在最前方，當身體穿過濃霧時，撲面而來就是鋪天蓋地的霧氣，彷彿穿破雲層般，前方的景色卻遲遲沒能豁然開朗，依舊是漫無邊際的濃霧。

他感覺踩在比柏油路稍軟、布滿顆粒的地面上，低頭一看，是操場的跑道。

首先要先找到一號跑道的起跑線，他們才剛進入操場，現在踩的應該是六號跑道，如果再往裡面走，應該就能看到草地，而在草地旁邊的自然就是一號跑道，再順著一號跑道走，應該就會看到起跑線。

由於能見度低，必須很接近才能看見地面畫的白線，莊天然一面走，一面詢問楊靈記憶中草地的方向，楊靈支支吾吾地指著某個方向，但語氣充滿不確定，畢竟是處在濃霧裡。

楊靈緊張地捏著莊天然的肩膀，「別、別鬆手……」

莊天然心想：現在是妳在抓著我。

楊靈努力望向前方一片茫茫大霧，忽然間，就像看見什麼似地抖了一下，倒抽一口氣，「人影……你看到了嗎？剛才那邊有個人影！」

楊靈指尖顫抖地指著十點鐘方向。

莊天然定睛一看，什麼也沒看到。

「不要、不要殺我！」楊靈害怕地發抖，不停說著有人影。

莊天然試圖緩和楊靈的情緒：「妳別怕，我們都在。」

楊靈卻聽不進任何話，彷彿陷入深沉的惡夢，不斷大叫著：「有怪物、有怪物！我看到怪物了！」

在她身後的南同學慌張道：「別喊啊！如果『他們』聽見會過來的！」

楊靈置之不理，瘋了似地尖叫：「有怪物！有怪物！有怪物！」

尖銳的嗓音迴盪在濃霧之中。

一會後，南同學按著楊靈的肩，笑道：「別擔心，我找到了，就在這裡。」

楊靈感覺到肩膀的重量，不明所以地回頭，對上南同學燦若繁星的眼睛。

同時，她竟然發現，南同學身後沒有半個人，從頭到尾只有他搭著她的肩。

楊靈嚇得馬上鬆手，驚恐地道：「你、你你你，怎麼會？其他人呢！」

南同學笑瞇了眼，明明是一雙極其普通的眼睛，竟讓人感受到詭祕，宛若黑洞般幽深，將人引入其中。他好似沒聽見楊靈的發問，自顧自地道：「妳不覺得很奇怪嗎？一個得知老師爲自己自殺後就一心尋死的人，怎麼還會在學校待到畢業？」

南同學明明笑容可掬，卻讓楊靈發自內心地恐懼，因爲對方的眼神像在說——「妳怎麼還沒死？」

楊靈顫抖著回答：「我、我的確是想過要死，但是，那時候、朋友阻止我……」

「哦，明白了，妳是說畢業照上站在妳身邊的那幾個朋友嗎？」南同學不知何時拿出畢業紀念冊，饒有興致地看著其中一張團體照，「他們把手放在妳肩膀上，妳笑得很開心，看起來感情不錯啊。」

楊靈忽然想起什麼似地，狠狠一頓，一時說不出半句話。

「這兩個人是誰呢？對了，楊昊跟何潔，那個什麼殺手社團的成員。奇怪，李老師死的時候，他們不是笑得很開心嗎？妳怎麼會跟仇人這麼好呢？」

楊靈顫抖得厲害，甚至比剛才說自己看到怪物時更甚，「我、我我我不知道，那是代理老師排的位置……」

南同學風度翩翩地表示理解，指著照片某一處，「妳看看這裡。」

楊靈怕得不敢看，她甚至想閉上眼睛裝作眼前的一切都沒發生，但最後還是忍不住瞥了一眼——南同學指著畢業照上，比米粒更小的位置，她戴的手環。

「你們三個，戴著一樣的手環呢，這不是感情很好嗎？真奇怪，怎麼老師過世後，妳反而跟這個社團的人走得更近了呢？」

南同學微笑著，依舊那般純真真摯。

「還是說——妳其實已經成功殺人，所以入社了？」

楊靈摀住耳朵，尖叫著轉身逃跑，不料卻直接撞上身後的人，莊天然神色肅穆地看著她，好似一個審判者，昭示著她的罪行。

這時，南同學緩緩搭上她的肩，「妳不是說不要鬆手嗎？放心，我不會放開妳。」

楊靈嚇得寒毛直豎，轉身甩開他的手，「你、你你不是南同學！你到底是誰……」

這個人雖然外表是南同學，但性格、說話方式，甚至連聲音都截然不同，就像換了個人一樣！

南同學莞爾，溫文儒雅地回答：「敝姓封，封蕭生，很高興認識妳，楊靈。」

楊靈從這位自稱封蕭生的青年眼中，看不到半點歡迎之意，除了令人寒慄的笑意。

「南同學呢？他去哪了？你、你你這個……」怪物。

莊天然清楚看見楊靈眼底的恐懼，他心想：我能理解，封蕭生這個偽裝，真是太可怕了。

不久前的莊天然，就和她一樣震驚。

三小時前——

房間裡，李哥對莊天然說：「在霧裡，你會死。」

莊天然還沒反應，南同學便出現在門口，搗著桃桃的耳朵，滿臉難以置信地驚呼。

莊天然原本想說話，忽然一頓，覺得眼前的畫面有些違和，他皺眉道：「你什麼時候來的？」

南同學說：「就在剛才呀，桃桃吵個不停，所以我們就上來了。」

莊天然視線下移，停留在南同學摀著桃桃的手，「桃桃上來找我，爲什麼你要摀住她的耳朵？除非，你知道有些話她不能聽，但，剛才李哥是突然冒出那句話，你怎麼會知道要提前摀住她的耳朵？」

南同學無辜地眨了眨眼睛，「爲什麼我會不知道？」

嗯？

「因爲是我允許李子告訴你的。」南同學微笑道。

褪去了青澀爽朗的聲音，多了圓融和優雅，聲音突然變得質感而溫潤，與南同學截然不同，卻又那般熟悉。這麼好聽的嗓音，他這輩子只聽過一次，讓莊天然立刻想到一個人——封蕭生。

這是誰都模仿不來的音色，包括F。

「知道自己會死還這麼冷靜，不愧是我的然然。」封蕭生知道莊天然已經明白了，於是便沒有再隱藏，相當自然地和他說話。

然而莊天然一點都不覺得自然。

南同學，就是封蕭生？

那個南同學……

就是……

封蕭生？

嗯？

莊天然腦中當機了好幾秒，內心無比震撼，好不容易冷靜以後，下意識瞥了一眼南同學的頸項，懷疑是不是裝了變聲器，一切其實只是南同學對他開的玩笑。

封蕭生擺出楚楚可憐的表情，「是我，你不認得我了嗎？你變了。」

不是，變的人是你啊！

莊天然簡直不敢相信南同學和封蕭生是同一個人，不只是因爲性格，更是因爲這兩人從本質上完全不同，半點相似感也沒有，別說臉長得不同，就連體型都不一樣！

封蕭生明白莊天然的錯愕，微微一笑，拿下了眼鏡和棕色假髮，接著又動手摘下臉上的膠狀人皮，從臉頰、下巴、額頭到鼻子都被重新塑形，才能融合成平庸的長相。當他揭去面具，立刻從一張令人毫無記憶且隨處可見的臉孔，變成了讓人忍不住回眸兩眼的面容，氣質也變得從容優雅，不再傻裡傻氣。

若不是親眼看見封蕭生「變身」，莊天然絕對無法接受這是同一個人。
莊天然試圖平靜，「所以，南同學是你的偽裝？」
封蕭生眨著漂亮的大眼睛，吐出與平時判若兩人的活潑語調：「是呀，莊哥！」
莊天然：「……」不行，反差太大，好難接受。
莊天然揉了揉眉心，繼續問出心中的疑問：「上一關我沒看見你戴佛珠，你怎麼會又跟我同一關？」
「我一直帶著，只是收起來了。」封蕭生從胸前暗袋拿出一串佛珠。
莊天然問：「不是戴在手上也可以？」
封蕭生點頭，「只要帶著。」
莊天然終於明白，老陳當初說的並不是必須「戴」著佛珠，而是「帶」著。
莊天然問：「你什麼時候偽裝的？」先不提裝備哪裡來，他們一進入關卡就在KTV包廂，哪有時間和地點化妝？總不會在包廂廁所吧……他再怎麼厲害，也不至於在冰棍面前化妝？
封蕭生笑道：「第一關結束後，我回了趟組織。」
組織……就是之前神龕那個女孩說的自願者組織吧？原來是在組織裡畫的，但回去組織是什麼意思……

封蕭生話鋒一轉，「不過，梨梨告訴我你在這關會出事，所以我拿著道具就進來了，這些妝是在包廂廁所裡畫的。」

莊天然：「……」這個人的境界，是我永遠不能理解的世界。

莊天然想想又覺得困惑，「梨梨是誰？她怎麼知道我會出事？」

封蕭生說：「組織的成員，你在神龕遇到的那位，她偶爾會作預知夢，Leo說的夢其實出自於她。」

莊天然覺得有件事很奇怪，就是怎麼他越問，冒出越多問題——所以Leo又是誰？

「李梨她哥。」封蕭生看出莊天然的困惑，莞爾一笑，靜靜指向他身旁。莊天然順著封蕭生手指的方向，看向旁邊的李哥。

李哥頷首，「李子。」

只是短短兩個字，整個人的氛圍卻驟然轉變，從輕佻痞氣變得莊重肅穆，明明是天差地遠的性格，卻在同一張臉上產生截然不同的改變，但又莫名讓人覺得現在這副一本正經的模樣才是他真正的面目。

李哥相當簡短地說明，他的本名是李子，梨梨她哥。

不知爲何李子說最後一句話時，不變的臉色透露出一絲自豪，甚至停頓幾秒，像是在等待莊天然的感想。見莊天然一臉困惑，他才接著道：「我們是封哥組織的成員，這次應封哥的要求進入關卡，之所以僞裝，是因爲我們組織在遊戲裡比較有名，有可能被老手認出來。」

莊天然心想：你們這個組織，其實是演技班吧……

想著想著，莊天然腦中突然閃過一件震驚的事。

雖然封蕭生身手老練，但是——「你不是『新人』嗎？爲什麼有組織？還有成員？」莊天然無比茫然。

李子替封蕭生解釋：「封哥在遊戲裡待好幾年了，破過許多案件，只是他自身的關卡一直沒開始，畢竟必須要等到所有跟自己案件相關的玩家全數進入遊戲，第一關才會開始。」

莊天然了然。這也說明了爲什麼封蕭生明明才剛過「新手關卡」，卻如此老練。

李哥讓出位置，請封蕭生進入房間，同時自動自發地接下照顧桃桃的任務。

桃桃早已習慣在關卡裡被摀著耳朵，以爲是哥哥們在跟她玩，小手撥著李子的手，嘻嘻笑著。

莊天然忽然想起一開始的話題，問道：「對了，李哥，你說我在霧裡會死，是什麼意思？」

李子面無表情地看著他。

莊天然困惑，「怎麼了？」

李子道：「沒事，我只是想看看問半天最後才關心自己死期的人長什麼樣子。」

莊天然：「……」

要事在前，李子沒再貧嘴，嚴肅說道：「梨梨夢到你在霧裡會死，梨梨聰明又美麗，還很善良，所以她的夢不會錯，一定會發生。不過，她只能看到其中一個畫面。例如，這次她看見你躺在血泊中，背上插著一把刀，旁邊站著兩個在笑的冰棍，你像是死了，但不能保證你死了。」

莊天然有些不明白「聰明又美麗還很善良」跟「預知夢很準」這兩句話有何關係，但現在也容不得他想那些。他思量著，也就是說，他看起來是死了，但因爲是定格畫面，無法評斷他後來有沒有活下來，只是從背上插著刀、旁邊還站著兩個冰棍這兩點看來，活下去的機率不高。

「所以，封哥讓我告訴你，提前做好準備，首先，小心楊靈。」

莊天然一時沒聽明白，「是要小心保護她嗎？」

李子搖頭，「她是凶手。」

莊天然恍然，比起震驚，更多的是好笑。他想著李哥怎麼會一本正經地搞笑，哪有家屬同時是凶手的？

封蕭生道：「然然，你不是發現娃娃裡面本來有線索嗎？」他拿出那個脫了棉線的娃娃，以及一封被摺成小方形的信，「在這裡。」

莊天然茫然地接過信，拆開，前後有兩張紙，第一張紙的開頭寫著：「親愛的楊楊：很抱歉，將這封信交給妳，如果媽媽出了事，請替我交給爸爸。」

竟然是老師的遺書。

等等，如果這封遺書是交給楊靈，爲什麼最後會在老師的抽屜？難道說……

莊天然翻開第二張，裡頭詳列了李美蘭請丈夫處理的財務帳號及密碼，他忽然想起熙地那時說的話：「據說老師當時精神狀態不太好，遺書裡只留下銀行、金庫的密碼等資料請師丈幫忙處理，沒有多餘的遺言，就像對人世毫無留戀……」事實上，並非如此，遺書總共有兩張，只是其中一張被楊靈藏起來了。

目的，就是要利用這封遺書，作爲李美蘭自殺的假象。

莊天然想起李美蘭在教師日誌中情眞意切的關懷，對楊靈的信任與呵護，他實在無法相信、也無法想像，楊靈究竟爲什麼要這麼做？難道背後還有什麼不爲人知的過去？

如果並非如此，這樣的結局對一個如此深愛自己孩子的老師，有多殘酷。

這是第一次，他找出了凶手，卻感到無比沉痛。

這封被藏起來的遺書寫道：

親愛的楊楊：

很抱歉，將這封信交給妳，如果媽媽出了事，請替我交給爸爸。

媽媽很愛妳們，媽媽希望能給像妳們這樣可愛的孩子一個幸福無憂的環境，請原諒媽媽的任性，媽媽想把壞人抓起來，這樣即使以後我不在了，也能永遠守護妳們的平安。

要聽爸爸的話喔。

爸爸跟我一樣愛妳們。

老公，我如果走了，孩子們就交給你了。

請你替我完成這些心願：

1、每天都要對她們說：早安，晚安，我愛妳。

2、寶貝不能挑食，但像楊楊一樣不挑食卻吃太少也不行。

3、告訴寶貝，媽媽是很厲害的守護天使，永遠都會陪在她身邊。

4、你的胃不好，不要太晚吃飯，櫃子裡有我留下的食譜，有你愛吃的滷肉。

5、洗衣機的使用手冊放在客廳第二格櫃子，洗衣精只要加半杯就好。

6、如果要加班，可以拜託小惠帶孩子……

這封信很長，寫滿了李美蘭對孩子和丈夫的依依不捨，與他們日常生活的足跡。

李美蘭在信件的最後寫道：「謝謝你，我愛你，能和你們成爲一家人，是我這輩子最幸福的事情。」

莊天然放下李美蘭的遺書，心裡的感傷久久無法平復。

他之前的猜測沒錯，李美蘭因爲要調查殺手社團，擔心出事，所以提前寫好了遺書。但他沒猜到的是，這封遺書她早已交給楊靈。

「我不明白，所有線索都指向楊靈和老師感情深厚，情同母女，爲什麼楊靈會……」到底是什麼原因讓楊靈狠心下手？

莊天然忽然想起，「有沒有可能是誰偷了遺書，藉機犯案？」

封蕭生道：「任何事，當然都有可能。」

聽見封蕭生肯定的答覆，莊天然心裡好受許多，但封蕭生又道：「所以，必須試一試才知道，既然她煞費苦心編了一個故事，我怎麼忍心辜負呢？」

誰？什麼故事？

封蕭生沒有回答，臉上始終是恰到好處的笑意，像中立的神祇。

莊天然本來要問，但封蕭生在這時提出了「火車快飛」這個做法，讓所有人搭著肩進入濃霧。

莊天然道：「如果是要找那份資料，我和楊靈進去就可以了。」這是他剛才想出來的結果，楊靈指路，他來預測八個人的直線距離，不需要所有人冒著風險進入。

雖然楊靈可能是凶手，但她很清楚他不是家屬，不能貿然動手，而且楊靈也打不過他。

封蕭生輕笑，搖了搖頭，「是我和你跟楊靈一起進去。」

莊天然疑惑，正想拒絕，李子開口：「封哥的本領你不用擔心，你應該先顧好自己，難道你忘了梨梨的預知夢？梨梨說的話世界第一，絕對不會有錯。」

在霧裡，他會被冰棍殺死。

莊天然沉思。

「原本，我是不想讓你進去的。」封蕭生揉了揉莊天然的腦袋，「不過以你的性格，萬一趁我不在的時候不聽話跑進來，那就麻煩了，不如帶在身邊。」

怎麼說得他像個頑皮的小孩……

「所以，我有個辦法。」封蕭生拿出兩塊像鑰匙一樣串在一起的佛牌，「這是保命符。」

保命符？

莊天然見著佛牌，覺得莫名眼熟，很快想起：這不是之前在視聽樓門口，爆炸死亡的成員留下的嗎？當時地上有斷裂的佛牌，他以為是他們的遺物，所以撿回來帶在身上，原來這並不是他們從現世帶來的物品，而是關卡裡的道具？

「保命符，事實上是三張為一串，分別為『保牌』、『命牌』、『符牌』，各自有不同的作用，『保牌』是保不死，『命牌』是回血，『符牌』是抵禦攻擊。」

莊天然見封蕭生手裡只有兩張，一張寫著「保」，另一張著「命」，所以代表「符牌」有人用過了，應該就是他撿到的那張斷裂的佛牌，但如果用了，他們怎麼會死……

莊天然一頓，他想到了，當時有個人就站在佛牌的旁邊，並在那場災難中倖存——楊靈。

所以，冰棍近距離靠近楊靈並審視她的制服時，其實是想殺她，但由於她身上有「符牌」，於是躲過了攻擊。

莊天然問：「這一串佛牌是楊靈的？所以，有了這個，楊靈可以肆無忌憚地攻擊我，甚至攻擊其他玩家？」

「不愧是然然，眞厲害，這麼快就想到了。」

莊天然想，他眞的很像在哄小孩……

莊天然問：「楊靈的佛牌怎麼會在你手上？」

封蕭生說：「李老師不是很保護她的寶寶嗎？」

「是。」莊天然不明白這有什麼關聯。

封蕭生道：「我也想保護我的寶寶，所以借了一下。」

莊天然：「……」不是錯覺，他眞的把我當成小孩。

莊天然無奈地想，不過也好，楊靈沒了保命符，就無法輕易對其他玩家下手。

「封哥，我們不能待太久。」李子說道。

在房間待太久，容易讓底下的人起疑。

封蕭生頷首，讓李子告訴莊天然接下來他們的計畫。

李子讓莊天然先提出「以搭肩的方式進入濃霧」，隊伍順序莊天然排第一個，楊靈排第二個，封哥排第三個。接著再私下告訴楊靈以外的所有人：「他們只須假裝列隊，等前面三個人進入濃霧，就不用再跟上」，如果有人問原因，就說：「想盡量降低風險，假裝全體進入只是爲了讓楊靈不害怕」。

莊天然明白了，「意思是，先保留對楊靈的懷疑，不讓其他人知道，同時也不讓楊靈起疑？」

李子點頭。

莊天然同意這個做法，回頭一看封蕭生，封蕭生又戴上了人皮面具，變回南同學的臉，朝他笑了笑，說道：「然然，你要平安，別讓我守寡。」

莊天然看著「南同學」的臉，有些適應不良，但能理解封蕭生爲何要繼續僞裝，畢竟如果突然換了張臉，勢必會引起猜忌和恐慌。

尤其，那張臉還非常好看，應該會引起更大的騷動。

莊天然知道他在開玩笑，但也確實明白他的關心，於是愼重地點頭。

他不會死，他還有很長的關卡要走。

後來他們下樓和所有人說明搭肩進入的方法，再一個個私下安排好後，進入了濃霧。

再後來，就是封蕭生和楊靈的對話。

楊靈瞠大惶恐的雙眼，不斷重複：「我沒有殺人、我沒有殺人！」

「別緊張，我們一步一步來。」封蕭生慢條斯理地道：「首先，妳刻意讓他們霸凌妳，好製造失蹤的假象，不只能爲自己製造不在場證明，同時還能讓所有人認爲老師是引咎自殺。」

封蕭生輕柔的語氣，就像帶領著淑女跳圓舞曲的紳士，聽在楊靈耳裡，卻無比尖銳。

「接著，妳在『失蹤』後的某天晚上潛入學校，將老師平常吃的藥換成了氰化物，並在她抽屜底下放入遺書。」

楊靈恐懼地反駁：「我沒有！我沒有！這、這些都是你的猜測……那封遺書明明就是老師自己寫的……」

「沒有的話，爲什麼剩下的半封遺書，會在妳這裡呢？」封蕭生亮出遺書，明亮的笑容在濃霧裡顯得隱晦不明。

楊靈瞬間變了臉色，「爲什麼會在你這裡？你、你你你從哪裡找到……」

封蕭生聳聳肩，「先找到先贏，妳沒找到的關鍵線索，我找到了。」

楊靈眼中閃過飲恨，但很快被焦慮淹沒，「只是一封信，誰都可以僞造的……沒、沒錯，就是這樣，如果你不相信我的話，可以把遺書燒了，就知道是不是關鍵線索，不是嗎……」

「我怎麼忍心燒了老師的遺作，就爲了讓妳稱心如意呢？」封蕭生笑眯了眼，「遊戲就這樣結束，老師的女兒會傷心的。」

楊靈瞠目，「你在說什麼？我就是老師的女兒……」

「嗯？女兒，不是她嗎？」封蕭生指向一邊。

這時，濃霧中漸漸浮現一抹小小的黑影，越來越近、越來越近，最後衝破濃霧，朝他們奔跑而來，抱住封蕭生的大腿。

「桃桃找到、找到大哥哥了！剛才剛才好多白白的霧，桃桃跟姊姊們走散了……可是可是桃桃沒有哭喔，桃桃有守護天使！守護天使說，大哥哥在這邊，然後桃桃就就就找到了……」桃桃緊緊抱著封蕭生，死也不撒手，雖然努力揚起燦爛的笑容，但凝聚在眼眶的淚水，以及顫抖的手，卻洩露了她的恐懼。

封蕭生摸摸桃桃的腦袋，「桃桃不用這麼厲害。」

桃桃不解地仰頭看著封蕭生。

「厲害這點交給哥哥，桃桃只要開開心心就行了。」封蕭生把桃桃舉高高，桃桃一下子就被逗笑了，幾乎忘了剛才的恐懼。

這幅其樂融融的畫面，卻刺痛楊靈的眼睛。

老師的女兒……老師的女兒……她才是老師的女兒！

楊靈的眼裡布滿血絲，紅得像是要滴出血。

封蕭生放下桃桃，將桃桃和李老師的遺書交給莊天然，楊靈的眼神始終怨毒地黏在桃桃身上，直到封蕭生充滿笑意的聲音打斷了她。

「妳看起來沒有很驚訝呀，也是，其實妳內心深處曾經懷疑桃桃就是這一關的家屬，只是不願意承認吧？否則妳也不敢輕易認下家屬這個位子，萬一被眞正的家屬指認，不就完了？」

楊靈拔拉著頭髮，著魔似地問：「爲什麼？爲什麼她沒有死？」

「一個娃娃裡藏了老師的遺書，另一個娃娃裡藏了什麼？」封蕭生微笑著，說出連莊天然都不知曉的祕密：「原來是老師的就醫紀錄，當時老師本應在一小時內毒發身亡，但她在被緊急送往醫院後，在極端痛苦之下苦撐兩個小時，直到保住肚子裡的孩子，她才離去。所以桃桃說的對，眞的有個很厲害的守護天使一直保護著她。」

楊靈不敢置信，眼底染上恨意，緊咬著牙關，牙齒不停發顫。

莊天然見楊靈狀態不對，緊緊抱住桃桃，以免她遭受傷害。他沒想到，桃桃竟然就是老師的孩子，原來，當時在老師腹中的孩子沒死，因爲她的堅持，桃桃才能活下來。

封蕭生好似渾然未覺楊靈的異常，依然繼續說著：「有些事令人匪夷所思呢，如果妳殺人只是爲了加入『社團』，爲什麼要選擇自己最愛的老師呢？不在場證明那麼多種，又爲何要選擇自己最不喜歡的霸凌？」

「啊，原來如此，其實妳並不是想加入社團，打從一開始，妳就只是想博得老師的關注吧？」封蕭生自顧自地說道：「我明白，越愛一個人，就越希望他眼裡只有自己，偏偏又愛上一個博愛的人，眞的很讓人困擾呢。」

楊靈的臉色從漲紅漸漸變得發青，封蕭生像是持著刀的劊子手，一刀刀刨開她的皮肉。

「其實，妳眞正想殺的，是老師的孩子。」封蕭生注視著楊靈的雙眼，洞穿了她拚命隱藏的一切，「妳害怕孩子出生後會取代妳的地位，妳以爲下毒能讓老師流產，充足的準備也是爲了不被老師發現，但沒想到，意外害死了老師。」

「我沒有、我沒有、我沒有！我想殺的就是老師！我恨她！我想加入社團！我想要很多朋友！」楊靈扯下了一把頭髮，一遍又一遍，歇斯底里地重複。

彷彿謊言說了一百遍，就會變成眞的。

封蕭生心想：果眞如他所想，一直以來，楊靈在關卡中表現出的崩潰並不全然是演技，一個非專業演員，加上不擅言詞的性格，很難演出如此逼眞的情緒，所以唯一的可能，就是老師的死觸及到她內心最深處的痛苦與懊悔。

封蕭生莞爾。他不介意挖出來看一看，凶手的痛苦和懊悔究竟長什麼模樣。

「我就是要殺了她……我就是要殺了她……我就是要殺了她……」楊靈不停重複著，雙眸渙散，眼角流下淚水。

封蕭生答道：「別擔心，沒事的，我們都聽見妳是凶手了。」

楊靈狠狠震住，驀地被這句話喚醒了神智。

不知不覺間，她竟然已經被他的話帶著走。

她是凶手的身分曝光了，一切都完了。

在最開始慶生的關卡，「同學們」提到小Y時，她就已經想起自己是凶手。

因爲他們口中喊的「小Y」，那個嘲諷的表情，她永遠不會忘記——那本來是她爲自己的娃娃取的名字，卻變成他們用來取笑自己的暱稱。

「小Y」是她第一個朋友，是她有一次在路上乞討時，從一個看起來很幸福的小女孩手上偷來的。

「小Y」會跟她一起玩耍，會聽她訴苦，會陪她一起挨打，是她很重要的朋友，卻被當成同學們的笑柄。

她恨世界上所有人，巴不得明天就世界末日，所有人都一起去死，包括她自己。

從她有記憶以來就一直想著：「爲什麼我要出生在這個世界上？」「活著好痛苦。」

「爲什麼她要把我生下來？」

她的母親是個非法的代理孕母，那個女人私底下偷生許多孩子，再依照性別和健康情況喊價，因爲她是女生，加上出生時體弱多病，又很晚才學說話，所以一直賣不出好價錢，好笑的是，那個女人在生下她後就不孕了，那個女人把一切的錯都怪在她身上，常常罵她、打她，見她已經五歲了還是賣不出去，開始逼她去路上乞討和偷竊。

直到十二歲那年，那個女人報了警，說她慣性偷竊、不服管教，社福團體認爲女人有犯罪、吸毒等前科，不適合教育孩子，因此將她送至育幼院，從此她再也沒有見過那個女人，只有小Y作伴。

再後來，她就進了這間寄宿學校。

一開始，她暗中詛咒那些欺負她的學生、煩人的老師都去死，甚至想過在學校放火，但每次都只是空想，她承認自己沒有勇氣，要不是膽小，她一定會去做。

可是後來，她遇上了李老師。

李老師是第一個認可小Y的人，從來沒有人將小Y當成一個人看待。

李老師甚至做了一個娃娃，和小Y聊著天，漸漸地，她發現自己可以接納李老師這個新朋友。

她有小Y，也有李老師，這樣就夠了。

原本她是這麼想的。

但運動會後，那些感受過的掌聲讓她惶恐又害怕失去，她發現，自己變貪心了。

她想要很多朋友，也想要李老師。

或許是她的運氣終於變好了，這些願望確實在實現，有幾個同學會在下課找她，拉她一起上廁所，中午坐到她旁邊和她一起吃飯，她們不嫌棄她的畏縮，總是主動開話題，讓無話可說的她倍感安心。

而最重要的是老師，老師像寵自己的孩子一樣寵她，讓她感受到前所未有的快樂，她害怕失去，總是一遍遍問著老師：「妳最愛的是誰？」老師不厭其煩地告訴她：「老師愛妳。」從老師的言行舉止，她知道自己是特別的，就算放學後她要求老師陪她去逛夜市，老師也會同意，這是誰都沒有的待遇——她一直不斷做著這些事，讓老師證明自己對她的愛獨一無二。

當然，她也是愛著老師的，她可以爲老師去死。

她知道老師長期受精神疾病困擾，她一點也不介意，甚至有一些暗自竊喜，如果老師跟自己一樣壞就好了，所以，她有時會刻意暗中煽動同學去欺負老師，這樣，老師就不會好了，也是自己一個人的了。

老師有她就夠了。

然而一個月後，她卻發現了一件事，老師不如她所想的那般完美——老師竟然想生孩子，而且從以前到現在都在嘗試，即使流產幾次，依然不放棄，甚至想嘗試試管嬰兒。

這件事讓她徹底崩潰了。

她竟然跟那個女人一樣，都想強迫孩子出生！她有問過孩子是不是願意被生出來嗎？她這是在虐待那些跟自己一樣的孩子！而且，老師都已經有她了，居然還想要其他孩子？難道是她不夠好嗎？老師其實沒有自己所說的那麼喜歡她？

老師的種種行徑，讓她想起自己的母親，她既怨恨卻又無法控制地愛著老師，就像當年對那個女人一樣，她好痛苦，為什麼，為什麼只有她要承受這些？只有她遇到這種事？

在這樣矛盾的情緒之下，沒多久，她得知老師居然懷孕了。

她聽見自己碎裂的聲音，恨意到了極點。

殺了她。

殺了她。

殺了她。

腦中一直有個聲音，日日夜夜地告訴她。

她用力拍打著耳朵，想要阻絕這個聲音，但卻揮之不去。

她被吵得睡不著覺，呆呆地坐在床邊，坐了半天，打電話給老師，老師接起電話，開口閉口都是在說孩子的事，說她很擔心孩子出事。

什麼孩子？是我先來的！我才是老師的孩子！老師會不會愛上那個孩子？老師還愛我嗎？

那一晚她拔掉無數頭髮，眼淚浸濕了枕頭。

老師又開始看起心理醫生，醫生說她患有產前憂鬱。

老師竟然爲別人動搖心情，她全身雞皮疙瘩，渾身不舒服，拚命地洗手，卻怎麼洗都覺得洗不乾淨，直到雙手破皮才停止。

她不舒服，全身都不舒服，老師卻沒有發覺，每天都在說著孩子的事情。

每當老師向她訴苦，她總是毫無感情地說：「不用擔心。」最好流產，死了最好。

好幾次她注視著老師的背影，都想將她推下樓，但老師的臉就在眼前，她下不了手，她只能在心裡殺了她，一遍又一遍。

同時，她發現，眞正生病的人，好像是自己。

但老師沒有發覺。

隔了一個暑假，她遠離老師，強迫自己和同學出去玩，心情好了一些，只是半夜依舊睡不著覺，手上多了一些疤痕。

開學後，老師忽然變得開朗許多，原來遠離自己，能讓她這麼快樂。

她很怨恨，老師騙了她，果然沒有人會愛她，有了孩子就不需要她了，她不想再痛苦下去了，有一瞬間，她想過要放過自己，放過老師。

這時候，她卻收到「殺手社團」的邀請。

她知道老師一直在查這個社團，但因爲他們隱藏得很好，幾乎沒有線索——因爲知情者都是共犯，沒有人供出線索。

他們邀請她參加集會，並告訴她：「妳已經知道我們了，所以，如果妳不加入，妳就是下個獵物。」

她很害怕，她怕痛，也怕死，她沒想到在這個時候，她第一個想到的人還是老師，因爲老師會保護她，她太害怕了。

於是她把這件事告訴老師，其實她心裡期待著，老師會擔心她、爲她焦急，但老師卻說：「這正好是讓他們露出馬腳的時候，妳可以去參加。」

爲什麼，爲什麼老師那麼擔心自己的寶寶，卻要她捨身涉險？難道不擔心她的安危嗎？果然，都是騙人的，之前對她好、說什麼把她當女兒，不過是想管好班上的問題學生，滿足自己的虛榮而已，現在有了眞正的女兒，立刻就露出本性了。

爲什麼、爲什麼只有她受到這樣的待遇！她不甘心……她不甘心……

她用美工刀劃著自己的手臂，卻感覺不到痛苦，溢出的鮮紅讓她深刻感受到自己還活著，求生不得，求死不能，痛苦不堪。

她看著殺手社團的通知簡訊，來到了集會地點，一開始她很害怕，躲在角落遲遲不敢靠近，社團的人卻笑著迎接她。

他們告訴她，在這裡人人平等，不管妳原本是怎樣的人，受不受歡迎都無所謂，這裡靠實力說話。

只要殺人，就能加入社團，而且依照殺人的等級，可以晉升為幹部。

第一名是殺家人，第二名是殺老師、警察，第三名是……他們搭著她的肩，說了很多排名，其他人都笑得很開心，看起來其樂融融，她無法融入，也不敢提出問題。

他們發現了，主動問道：「妳有什麼問題想問嗎？都可以說哦！別害怕，大家都是朋友，來這邊的人，都有共同的目標，妳也有怨恨的人，但是不敢動手吧？只有我們懂妳，我們會支持妳。」

他們的一番話，讓她漸漸放下防備，小聲地說道：「那個……」

「嗯？」

她說：「如果我要殺的人，是老師也是家人呢？」

現場空氣一凝，瞬間爆出大笑。

「哈哈哈！眞是小看妳了，妳很了不起嘛！」眾人開心地鼓掌。

意外收獲了掌聲，她再次感受到許久沒得到的滿足。

接著每個人分享了一些故事，有個社團成員說之前死的黃宇翔是前幹部，他的父母其實不是被黑吃黑，是被他自己殺的，因爲他說那兩個人從小帶著他吸毒，等他成癮了居然說想收手不幹，只不過被關一下就怕了，被斷貨的他很憤怒，於是殺了他們，還順便接手了買賣生意，一舉兩得。

在這裡，許多人都痛恨自己的父母，屢屢說中了她的心聲，而且人多壯膽，聽他們一說，她覺得自己似乎也做得到。

她嚮往著加入社團，他們看起來這麼快樂，他們了解她的痛苦，她也想融入這個團體。

她吸收其他人的經驗，開始制定自己的計畫。

每當老師問她跟社團相關的事情，明明知道對方虛僞又做作，但她望著老師看似眞誠的雙眼時，發現自己竟然無法拒絕。甚至，她想到自己以後再也看不到這個眼神，就感到孤單害怕。

她恨這樣膽小又無能的自己。

她恨老師竟然沒發現自己眼神裡的無助。

她在心裡問著老師：我都已經這樣了，妳怎麼還不拉住我？

她看著老師隆起的肚子，腦中突然閃過一個想法——如果第三者死了，是不是就能回到從前？對啊，她不須要殺老師，在這個人出現之前，老師都是她的。

她不得不承認，她恨不了老師，她只想回到從前。

殺死老師也許不容易，但殺這個第三者對她而言輕而易舉，甚至恨不得早點行動。

那天，她的計畫漸漸成形。

坐在她座位後方的劉馨雨最近很煩躁，一直嚷著自己快留級了，回家會被罵，誰能把考卷給她抄。

劉馨雨也是她恨的人之一，經常在座位上拿自動筆戳她的背，跟林琪一起取笑她，把她的背刺穿很多洞。

於是她故意在某次發考卷、自己拿到九十分時，偷偷背著只考二十分的劉馨雨說：「這個成績，作弊也沒用……」

雖然是裝作偷偷地說，但音量還是大得足以讓後方的劉馨雨聽見。

劉馨雨果然被激怒，差點掀翻了她的桌子，罵她成績好了不起，還不是個膽小的廢物。

她裝作害怕，內心竊喜，心裡想著：眞笨，誰才是廢物。

之後劉馨雨他們開始找碴，她持續刺激他們，並且在某一天，故意將他們引到學校後山——然後，她的計畫成功了。

她用林琪的手機撥打求救電話，然後掛掉，將手機丟在山腳下，再把自己染血的衣物撕破，將呵護多年的小Y按在泥土裡，反覆按了好幾遍，最後扔在地上。

只有這麼做，才能讓他們認爲自己沒有逃走，可能是死了。

她冷眼看著渾身污泥、淒慘無比的小Y。

她已經不需要小Y了，就連小Y，也不能撫慰她了。

她在「失蹤」後一個禮拜回到學校，這段時間她一直很不安，萬一老師沒吃藥怎麼辦？但老師每天中午都固定會吃藥，她是個一板一眼、很規律的人，不可能不定時服藥……又萬一，老師發現是她做的怎麼辦？不會的，老師不會發現，畢竟她已經「失蹤」了……

然而，當她進入教室才知道，老師死了。

老師死了。

老師死了。

老師死了。

哈、哈哈，都是她的錯，如果她不懷孕，就不會死了。

自己本來就想殺老師，只是因爲膽小而已，現在老師死了，誰也沒發現是她做的，校方草草結案，甚至所有人都以爲老師很愛她、是爲她而死，而且她恨的寶寶也死了，這不是皆大歡喜嗎？

這就是最理想的結局，她的運氣眞好，她成功了！

那天晚上，她夢到一個夢。

原本她害怕會夢到老師怨恨地怒罵她，但沒有，她夢到了那天運動會，她在陽光明媚的操場上奔跑，老師在場邊爲她加油，全部同學都爲她歡呼。

那是她再也回不去的惡夢。

楊靈對著封蕭生歇斯底里地大吼：「都是老師的錯！是她騙了我！是她逼我這麼做！」

「是嗎？那當妳進入遊戲，手持保命符，開始計畫謀害其他玩家，也是她逼妳做的嗎？」

楊靈狠狠一顫，僵硬地瞪著封蕭生，「爲什麼……你連這個也……」

封蕭生眼眸微彎，像是埋藏在霧裡的明月，「妳無法保證家屬是誰，所以最好的方法就是讓所有人同歸於盡，而持有保命符的妳會活下來，妳就贏了。」

楊靈步步退後，封蕭生站在原地，眼神卻盯視在楊靈身上，不論她走到哪裡。

封蕭生豎起一根手指，「一，在視聽教室，同學們問妳要玩什麼遊戲，妳刻意尖叫不作答。」

他豎起第二根手指，「二，在教學樓二樓，被小Y追殺的時候，妳故意絆倒原本可以逃跑的其他人。」

最後豎起第三根手指，「三，妳編造了謊言，謊稱李美蘭將線索藏在濃霧中，意圖讓所有人進入濃霧。」

封蕭生一個也不漏地細數出楊靈的所作所爲。

楊靈面目猙獰，雙眼通紅得幾欲滴出血，變得比鬼還恐怖，「爲什麼、爲什麼，你會知道……」十關以來，從來沒有人識破她……

封蕭生淺淺地勾起唇角，非但無懼，相反地，甚至有一絲嘲諷，「妳最大的錯，是不該招惹他。妳佯裝要自殺，僞裝成家屬，讓他庇護妳……」他指向莊天然，手指在霧裡白得泛著光，「但，只有我能被他保護，知道嗎？」

楊靈滿腦子想著「爲什麼、爲什麼、爲什麼」，不斷鑽牛角尖，彷彿墜入永不停止的迴旋，她滿目猩紅地盯著封蕭生，等著他說出答案。

封蕭生走向楊靈，慢悠悠地從口袋裡拿出一隻娃娃，楊靈雙眼瞬間瞠大，看著陪伴自己多年的娃娃，她以爲這輩子再也見不著「她」。

封蕭生將娃娃放在她面前，「這個，才是眞正的小Y，是嗎？」

四周瞬間死寂，濃霧中傳來窸窸窣窣的拖行聲，彷彿潛伏在沼澤裡的毒蛇，空氣中瀰漫著不安的味道。

楊靈蹲下身，拚命拍打著自己的耳朵，「不要！不要再叫了！不要！」

莊天然訝異地看著地上的娃娃。

小Y，居然是娃娃？那麼作業說的「找到小Y，帶來給我。注意，不要被她抓到。」是什麼意思？

封蕭生對楊靈置之不理，朝著莊天然微笑，解答他內心的疑惑：「還記得聯絡簿嗎？『小Y，妳害怕和同學說話嗎？把同學都當成跟妳一樣的布娃娃，就不會害怕了。』這句話，主詞應該是娃娃，李老師在和她的娃娃對話。同樣地，老師提出的作業：『找到小Y，帶來給我。注意，不要被她抓到。』前後是兩段不同句子。」

莊天然愣了愣。這麼說，李美蘭在找的小Y——不是楊靈，而是這個娃娃。

莊天然終於知道爲什麼老師會跟著娃娃，還有爲什麼昨晚她會去敲封蕭生的房門。

娃娃出現後，濃霧中的拖行聲越來越明顯，清晰得猶如在耳畔，急速接近著。

楊靈惶恐地尖叫，把曾經愛不釋手的娃娃甩開，丟得遠遠的，生怕看見娃娃的臉，「不要、不要找我……不是我害的，不是我……」

她忽然驚醒，想起什麼似地，摸了摸口袋。

空無一物。

楊靈瞬間變了臉，凶惡得像魔鬼，歇斯底里道：「保命符！我的保命符呢？保命符呢！」她猛地回頭看封蕭生，想抓住他的褲管，卻被避開，「你拿走了！還給我、快還給我！」

就在這時，濃霧中探出一隻枯瘦如骷髏的手，抓住了娃娃，將娃娃拖入濃霧中。

「小Y……小Y……」

嘶啞的聲音，令楊靈起雞皮疙瘩。

李老師抓到了小Y，卻沒有離開。

李老師腐爛的頭從濃霧中探了出來，眼窩只剩兩個窟窿，卻好像有一雙陰沉的眼睛盯鎖在楊靈身上，佝僂著背，雙手幾乎垂地，手裡拖著小Y，一步步朝楊靈拖行而來。

楊靈嚇得一把鼻涕、一把眼淚，蹲在地上抱著頭，哭著求饒：「不要！不要過來！不要找我、不要找我我……我不是故意的！我不是故意的！」

楊靈抱著腦袋，好一會，都沒有聽到聲音，她慢慢地仰起臉——李老師掛著殘肉的臉孔就在她眼前，距離極近，她甚至能看見腐肉裡的白蛆。

「啊！」楊靈尖叫著向後跌，想逃跑卻腿軟地爬不起來，尿濕了褲子。

李老師舉起手，把娃娃遞到楊靈面前。

楊靈愣怔片刻，看著眼前的娃娃，無法動彈。

李老師開口，用僅剩殘肉的臉頰，艱難地重複著：「還給……妳……還給……妳……」

楊靈雖然害怕，但停止了尖叫。

什麼……意思？

「還給……妳……還給……妳……」李老師不停地重複。

「原來如此，她想找到小Y，是爲了還給妳。」封蕭生饒富興味地摸了摸下頷，「李老師，您眞是個好老師。」

楊靈徹底怔住，甚至忘了恐懼，雙眼發直，看著面前的娃娃。

莊天然見楊靈還不明白，看著李美蘭遲遲沒有放下的手，揉了揉眉心，壓下心中的酸澀，嚴肅地說：「在妳失蹤後，李美蘭一直收著娃娃，等著妳回來，希望能夠還給妳。因爲她知道，這是妳最重要的東西。」

楊靈對上老師的臉，老師靜靜地面向著她，雖然不見半點從前的面貌，恍然間卻讓她看見從前。

她以爲，老師之所以要找她，是爲了報仇，但沒想到，竟然只是爲了還給她？就只是還一個娃娃？

楊靈揪住頭髮，扯下了幾根髮絲，嘴裡喃喃著說：「她根本、她根本不了解我……是我自己把她丟了……我把她丟了！」

那時她覺得，如果這個娃娃能換回李美蘭唯一的愛，很值得。

但是爲什麼，現在的她，什麼都失去了……

「守護天使？」桃桃突然出聲，童言童語打破了凝結的氣氛。

桃桃掙脫莊天然的懷抱，一蹦一跳地往李老師的方向跑，「守護天使、守護天使！」

莊天然想攔住桃桃，雖然那個冰棍是「李老師」，不過也只是這個世界的ＮＰＣ，並非眞正的李老師，貿然靠近肯定有危險，沒人知道她何時會變臉。

封蕭生卻輕輕按住莊天然的手，「先觀察。」

令人意想不到的是——當桃桃奔向李老師的時候，李老師竟然張開了手，努力地用僵硬的四肢做出迎接的姿勢。

莊天然不禁怔住，「難道她是眞正的李老師？但她不是冰棍嗎？不是說冰棍只是這個世界的『演員』，並非當事者……」

封蕭生說：「有一個可能，你記得齊峰嗎？這個關卡的冰棍，較爲特別。」

莊天然一愣，他明白了，當時齊峰雖然死後成爲小Y並攻擊他們，但當他掀開小Y的臉皮後，裡頭是眞正的齊峰，所以李老師或許也是如此，她雖然是會攻擊人類的李老師，但在不受控制的時候，骨子裡是眞正的死者——李美蘭。

李美蘭在抱住桃桃的前一刻，突然退縮了，她看起來有些慌張，像是知道自己已非人類，如果桃桃碰到她，可能會凍傷。

但下一秒桃桃卻撲進她的懷裡，緊緊抱著她，說道：「媽媽，好溫暖唷。」

沒人知道，桃桃是如何從面目全非的李美蘭身上，認出是媽媽。

李美蘭空洞的眼窩流下了血淚，發出嗚嗚的悲鳴。

桃桃像是害怕李美蘭消失似地，拚命地想把所有的話說完：「桃桃、桃桃很勇敢，桃桃都沒有哭喔！就算很可怕，就算想見媽媽，桃桃也沒有哭！桃桃問爸爸，爲什麼、爲什麼桃桃沒有媽媽？爸爸說，媽媽變成很厲害的守護天使了，所以、所以桃桃不能哭，桃桃要幫媽媽鼓掌，要幫媽媽開心，媽媽會一直保護我，就算大家都看不見，媽媽也會一直保護我……」說著說著，桃桃圓潤的雙眼忽然聚滿淚水，哭了出來，「可是、可是，其實，桃桃很想看到媽媽，桃桃不要厲害的守護天使，桃桃只想要媽媽……嗚啊啊！」

在這場關卡裡，她一次也沒哭過，因爲她從小就看見爸爸常常在夜裡偷哭，小惠阿姨說，爸爸很辛苦，爸爸看到桃桃哭，會更傷心，所以她不能哭。爸爸是她很重要的人，她沒有媽媽，不能再沒有爸爸。

剛來到這個奇怪的世界時，因爲找不到爸爸，她曾經哭過，但那時候大哥哥帶著她，跟她說他們在玩遊戲，玩完就能回家，還有機會可以見到媽媽，這是上帝送她的禮物。

有大哥哥陪她玩，她漸漸變得不害怕，反而玩得很開心，大哥哥給她一串珠珠和繩子，讓她掛在脖子上，之後大哥哥又找了其他人一直陪她玩，每天都過得很開心，除了想念爸爸。

對了，大哥哥還給她吃了一個很好吃的糖果，桃桃沒有吃過這麼好吃的糖果！大哥哥告訴她，吃了糖果以後，要記得有些話絕對不能說。大哥哥說了很多，桃桃記不住，但很神奇的是，每次她忘記、或是不小心差點說出那些話的時候，嘴巴裡就會有甜甜的味道，像糖果一樣黏黏的，讓她說不出話來，有時候，她想吃甜的，還會假裝說那些話，這樣就有甜甜的可以吃了，嘻嘻，桃桃好聰明。

有時候大哥哥在忙，其他大哥哥也會陪她玩，她很想回家，但想到只要努力玩完這些遊戲，就可以見到從沒見過的媽媽，所以一直忍耐到今天——她終於見到媽媽了，大哥哥沒有騙人。

桃桃嚎啕大哭，緊緊抱著李美蘭，即使渾身凍得發白也不放手，就算李美蘭想鬆開，一時竟也無法撼動。

楊靈看著這一切，眼神空洞，目無焦距地望著，喃喃唸道：「爲什麼？爲什麼她不恨自己的母親，不顧她的意願把她生下來，又讓她孤單一個人？爲什麼她不恨？」

莊天然斂下雙眸，「確實，我們無法預期被生下來的人是什麼想法，但誰都不是天生幸福，只是每個人看的角度不同，有些人看見的是自己擁有什麼，有些人看見的是自己失去什麼。」

楊靈眼底閃過一絲陰暗，「那是因爲你們生在一個普通的家庭，而我一無所有……」

「妳有過李老師的愛，但妳毀了它。」

「她不愛我！她不愛我！她愛的是她！」楊靈指著桃桃，激動地流出眼淚。

「楊靈，怨恨別人，是逃避責任最輕鬆的方式。曾有人跟我說過，兩個人之所以能走一輩子，並不是因爲對方完美無瑕，而是因爲接受他的瑕疵，妳不願意理解她，只想著自己，自私的人是妳。」

楊靈顫抖，默默流著眼淚，一語不發。

「出去以後就自首吧。」莊天然望向李美蘭和桃桃，說道：「妳是未成年，法官會減輕罪刑，這是妳唯一能贖罪的方式。」

大概，也是李美蘭最希望的方式。

莊天然低頭看手裡的遺書，封蕭生說過這很有可能是關鍵證物，如今真相已大白，是該焚燬了。

正當莊天然這麼想時，濃霧中傳來「嘻嘻嘻……」的笑聲，尖銳怪異的熟悉嗓音，讓人馬上聯想到——小Y！

小Y的身影在濃霧中若隱若現，她手裡拿著一把菜刀，布滿縫線的嘴巴咧開大大的弧度，「嘻嘻嘻……遊戲……遊戲還沒結束……小Y還沒輸……」

莊天然繃緊神經，盯著右方小Y的身影，隨時提防她闖進視線範圍，但沒想到，另一道黑影從左前方竄出，竟然有兩個小Y！

眨眼間，左前方的小Y已經來到桃桃面前，舉起刀子，朝桃桃的頭部劈下——

「啊！」一聲慘叫，刀子狠狠戳進李老師的背，李老師緊抱著桃桃，用身體護住了她。

李老師的背流出了紅色的鮮血，彷彿冰棍的外皮下，有一個正常的軀體。

小Y見沒殺成，發出野獸威嚇的嘶叫聲，再次抽出刀子，一下下狠戳著李老師的背，戳出一個個血洞，李老師連連慘叫，卻死也沒放手。

楊靈驚恐地看著與自己穿著相同制服的小Y，那張厲鬼般的臉孔，就像她自己，究竟是從什麼時候開始，她的模樣變得這麼恐怖？

「不要！不要、不要再這樣了！快住手！」楊靈瞠大雙眼，吶喊著。

小Y停下動作，手裡的刀子還在滴血，她看向楊靈，驀然詭異一笑。

楊靈臉色瞬間刷白，恐懼萬分，果不其然，小Y快速朝她衝來，她放聲尖叫，接著下一秒，一道黑影擋在自己面前，寒冷如冰柱的物體貼上她的皮膚。

楊靈愣了很久，才反應過來，這是老師的手臂。

老師緊緊抱著她，就像護著桃桃，那樣地堅決。

熟悉的擁抱，令楊靈想起那個溫暖的午後，老師抱著她說：「妳就是老師的女兒，永遠不會變。」

楊靈的眼淚爭先恐後地奪出眼眶，摧心剖肝，哭得死去活來，放聲大喊：「媽媽、媽媽！對不起！我錯了！對不起！對不起……」

濃霧中傳蕩著小Y詭異刺耳的笑聲，以及楊靈懊悔至極的哭聲。

莊天然知道不妙，小Y不會善罷甘休，正打算上前幫助桃桃和楊靈脫困，才剛往前一步，忽然掌心一空，握在手上的遺書被人抽走。

莊天然倏地往右看，看見了一閃即逝的身影，藏在濃霧中詭笑的小Y朝他揮了揮手，消失在白茫茫之中。

莊天然驚覺，關鍵證物被拿走了！

莊天然立刻追上，往前追了幾步，始終沒看見小Y的身影。

他停下腳步，察覺情況不對。

——周圍的人都消失了。

他靜下來仔細聆聽，明明只離開人群沒幾步，卻聽不見半點聲響，這恐怕不是一般的霧，簡直就像有生命的怪物，一旦把人吞進去，便不會再吐出來。

不只如此，還要防範藏匿在霧中、行動速度極快的小Y。

莊天然想起李哥說的：「梨梨的預知夢不會錯」，不禁苦笑，看來這就是他傳說中的「葬場」。

莊天然沒有放棄，開始環顧四周，抬手揮了揮，濃霧無法被揮散，而且變得更濃了，伸直手臂後甚至看不見五指，能見度比方才更低，最多只有一隻手的距離，溫度也更加寒冷。

他思忖著該如何離開，盲目亂走肯定不行，固定往同一個方向也不行，萬一走反，會更深入迷霧，並且還要折返，觸發危險的機率是雙倍。往原路走也不行，身後已經聽不見其他人的聲音，這裡的方位已經發生改變。

要怎麼樣才能辨別教學樓的方向，同時避開小Y？

莊天然看著地面，地面上布滿揮之不去的霧氣，彷彿置身在雲端，原本還能看到跑道的白線，現在什麼也看不見，他蹲下身，摸了摸地面，是PU跑道的質感，證實他確實還在跑道上。

莊天然一邊像企鵝般蹲著走，一邊抹了抹地面，直到摸到一絲異樣——有一處質感稍微不同，顆粒變得像是油漆過的觸感。

是跑道線！

他順著跑道線摸下去，感受到這一處的線條明顯呈現內彎的弧形，這表示，他很有可能是在操場過彎處，並且因爲弧形往內彎，證明他現在正在往操場外圍走，方向是正確的。

有了方向，莊天然安心不少，但還有一個問題——關鍵線索在小Y身上，該怎麼拿回來？

莊天然一面思考著，一面往外走，忽然間撞到一個人。

莊天然抬頭，看見小Y站在他眼前，一手拿著菜刀，一手抓著李老師的遺書，沒有眼睛的臉對著他，露出了密密麻麻的牙齒，「把你的……眼睛……給我……」

說完，便舉刀往莊天然臉上戳！

莊天然趕緊側頭，驚險閃避，鬢角被削掉了一搓，但他的速度完全比不上小Y，小Y的手「喀喀」反折，以不符合人體工學的姿勢再次刺向莊天然，他根本來不及閃，必定中刀……

這一刻，莊天然忽然後悔了。

如果像李哥說的，自己要死在這裡，他當年應該要聽室友的話。

那年他們十歲，室友總是會帶著他一起鍛鍊，室友比他早起，每次他醒來時，室友都已經先跑完一圈，再拉著他跑第二圈、第三圈，範圍是整座後山。

偶爾他會想偷懶，坐在半路的石頭上。

室友總是對他說：「抱歉，然然，你得再跑幾圈，我會陪你一起。」

他實在累得跑不動，喘著氣問道：「爲什麼、我們要，一直跑步？」

室友對他說過，運動能增加免疫力，對腦細胞也有幫助，而高強度的鍛鍊是防範未然，但是他不明白，其他小朋友都沒有這麼做，大家都在育幼院裡玩玩具、吃點心，爲什麼他們天天要跑整座山？而且還跑好幾遍……

室友耐心地解釋：「因爲我們和外面的人不一樣，我們不能懈怠。」

莊天然聽不明白，求饒道：「我們能不能明天再跑嘛？好不好？」

室友總是禁不起他的撒嬌，最後還是會寵他，不再強求。

莊天然長大後才明白，室友所謂「和外面的人不同」，是因爲他們生長在環境險惡的育幼院，不少小朋友無緣無故失蹤，如果沒有足夠的體力和智力，絕對離不開這座後山。

長大後，室友的訓練救了他很多回，他們的體能之所以比一般人優異，並不是天生得來，而是從小到大的魔鬼訓練。

臨死之前，莊天然心想：如果是室友，肯定能閃過這一刀吧。

現在，他後悔了，當初不該總是跟室友撒嬌，應該多鍛鍊一些，或許就能追上室友了吧。

刀鋒滑過眼前，莊天然臉頰一陣刺痛，劃出一道淺淺血痕。

莊天然瞠目，沒料到小Y的刀只是劃過臉頰，竟然揮刀落空。

來不及思考原因，莊天然立刻跳開，小Y聽見他閃避，又朝著他的方向揮了好幾刀，但距離始終離他很遠——就像是看不見一樣。

「眼睛……給我你的眼睛！」小Y憤怒地吼著，不停胡亂揮刀。

莊天然驀然明白，她要他的眼睛，難道代表看不見？

莊天然撿起地上的石子，往反方向扔，小Y聞聲立刻往另一處跑。

果然，她看不見！

莊天然得知這個消息，心中驚喜，卻無法趁機逃跑，因為關鍵證物還在她手上，必須拿到，否則家屬或凶手就得有一個人死才能破關。

莊天然一面用石頭聲東擊西，一面放輕腳步來到小Y身後，打算趁她不注意，從後方取走她手裡的遺書。

然而，靠得越近，就越有可能被聽見。

尤其冰棍的五感能力非比尋常，就算她看不見，近距離靠近也極度危險，每一步距離都是生死一瞬間。

莊天然額角冒出細汗，屏住呼吸，告訴自己不能著急，一步步緩慢靠近，眼看距離只剩下三步、兩步、一步……莊天然抓準時機，趁小Y盲目揮刀時，一把握住了遺書，抽出！

他成功了！

接著，下一秒，莊天然的胸口突然一陣悶痛，他不明所以，低頭，看見一把長刀貫穿了自己的胸口，刀尖染滿鮮血。

莊天然「咚！」應聲倒地，耳邊環繞著「嘻嘻嘻……」的笑聲。

不只前面一個小Y，背後還有一個小Y。

小Y，本來就不只一個……

後方的小Y嬉笑著抽出長刀，莊天然癱軟的身體隨著動作被提起，重重落下，鮮血噴湧而出，他抽搐兩下，沒了呼吸。

小Y扔掉長刀，瘋狂地大笑，兩個癲狂的笑聲重疊，揮之不去。

突然，莊天然倒抽一口氣，睜開雙眼，握住身邊的刀，往前剖開小Y的身體，又轉身剖開另一個小Y的腹部。

短短三秒間，笑聲戛然而止，兩個小Y紛紛倒地。

小Y死了以後，霧氣明顯散去不少，彷彿又回到他們一開始所待的濃霧。

莊天然摸了摸自己的胸膛，傷口和衣服竟然完好如初，但被刀貫穿的感受太過鮮明，仍讓他心有餘悸。

他撿起地上的佛牌，心想：要不是有這個，他就死了。

莊天然放下刀，撿起掉落在一旁的遺書，看著身旁倒地的兩個小Y，默默說了一聲：「抱歉。」

小Y的身體漸漸化成灰，在他離去前，似乎聽見兩道微弱且陌生的聲音對他說：「謝謝……」

然然，終於見面了。
我一直想告訴你一件事。
你看這個鏡子。
3
什麼？
難道這個鏡子有什麼重要線索？
4
你看，你穿運動服很好看☆
……

08 照片

十五分鐘前——

李美蘭護住楊靈，承受著小Y的攻擊。

楊靈放聲大哭，場面像一場鬧劇。

封蕭生一直在注意莊天然的動靜。

他知道即使楊靈是凶手，莊天然依然會挺身保護她，因爲他尊重每一個生命。

同時，他也發現另一個小Y藏在濃霧中伺機而動。

封蕭生思忖著，那個預言然然死亡的畫面何時會出現？眼前已達成畫面中的三個條件：濃霧、兩個小Y、刀。

假設然然挺身而出，確實有可能被兩個冰棍攻擊，但他有把握能帶著然然全身而退，所以，什麼是導致死亡的關鍵？

而且，那個畫面裡還沒有他。

封蕭生凝視著身邊的莊天然，沒有放過任何一絲細節，但莊天然卻渾然未覺，全神貫注地看著眼前的慘劇。

忽然間，一陣大霧襲來，宛若火災濃煙遮蔽了他們的視線，封蕭生眼神一凜，看都沒看，立刻伸手抓住身邊的莊天然——撲了空。

明白了，原來關鍵是這個，濃霧並不只是普通的霧，「它」也是個有生命的怪物，可以隨時分離任何人，也能隨時生出任何怪物。

難怪他就在身邊，但然然卻會死。

封蕭生不疾不徐地往左邊一閃，在他挪開後的下一秒，一隻指甲異常尖利的手劃破了他原本所在的位置。

小Y走出濃霧，臉上滿是讓獵物逃脫的憤恨，朝著封蕭生嘶叫。

這個小Y與其他小Y稍有不同，她有眼睛。

只不過，兩個眼窩流著血，眼球有些歪斜，像是活生生從別人身上刨下來，再硬塞進去。

「把你的……牙齒……給我……」小Y張開血盆大口，裡頭沒有牙齒。

封蕭生頓時明白了她的意思，禮貌地微笑，「抱歉，恐怕不行呢，我還需要用來吃草莓泡芙。」

小Y垂吊著眼珠，猛然撲向封蕭生，「把牙齒、給我！」

意外地，封蕭生並沒有閃躲，而是在她撲上來的那一刻一掌按住她的臉。

「啊——啊啊！」小Y的臉突然冒出大量白煙，發出尖銳刺耳的慘叫。

這時，莊天然剛解決完自己那邊的兩名小Y，便聽見淒厲的尖叫。

他意識到自己剛才果然沒離其他人很遠，只是被濃霧隔絕到其他空間，不過沒時間細想，他擔心其他人有可能出事，聞聲匆匆趕來，便看見眼前這一幕——封蕭生五指掐著小Y的臉，小Y拚命掙扎，卻像黏住一般無法掙脫，絕望地發出慘絕人寰的叫聲。

小Y的頭在封蕭生手裡像蠟一般慢慢融解，融到脖子、胸口、腳，最後整個人融成一灘蠟油。

封蕭生注意到莊天然，微微側頭，莞爾一笑，「你回來了。」

彷彿溫馨的閒話家常，與眼前悚然的畫面徹底不符。

莊天然面無表情，內心惶恐：有時候，他覺得封蕭生比冰棍還恐怖……

「她怎麼融化了？」莊天然走向封蕭生。

「呵，多虧老陳給的靈感，鹽酸是她的弱點。」封蕭生笑著亮了亮左手掌心，「我進來之前，淋了一把握在手裡，看來半乾也有用，實驗成功。」

封蕭生說得俏皮，但莊天然看見他血肉模糊的掌心時，表情瞬間大變。能讓萬年面癱變臉的畫面，簡直比冰棍還駭人。

「沒事，我沒你想得那麼細皮嫩肉。」封蕭生不以爲意地道，甚至還有能力說笑：「當然，如果你想給我呼呼，那就不一樣了。」

莊天然緊緊抓住封蕭生的手，「誰會拿自己的手去泡鹽酸！」

莊天然深深蹙著眉，呼吸明顯急促，封蕭生一頓，溫和了眉尾，「眞的沒事，你看，不是好了嗎？」

封蕭生手上觸目驚心的傷口瞬間復元，完好如初。

莊天然驚訝地反覆檢查，依舊細白嫩滑，彷彿什麼事也未曾發生。

您這已經不光是厲害，而是超越人類了吧？莊天然不知該驚嚇還是讚歎。

「喀噠。」他突然聽見身後傳來硬物掉落的聲音，回頭一看，是半塊佛牌，刻著「命」字的上半部。

封蕭生正面湊近莊天然，手繞過腰，伸向他的褲子後口袋，抽出剩下的半塊佛牌。

「哦，『命牌』功效不錯。」

莊天然怔了怔。

什麼「命牌」？他拿到的不是「保牌」嗎？而且他的牌，剛才不是用掉了嗎……

莊天然看著封蕭生若無其事地把玩那半塊牌子，赫然明白——是這個人趁他不注意的時候，偷放進他口袋的，打從一開始，就不是「一人一張」，他把兩張都給了他。

就和室友一樣，把一切都給他，只爲了保全他。

莊天然震驚不已，眼眶瞬間泛紅，但他忍住了酸澀。

莊天然問：「爲什麼騙我是一人一個？」

「我沒有騙你，是一人一個。」封蕭生眨了眨無辜的雙眼，「我有你呀，你看，你握著我的手，不是讓我好起來了嗎？」

莊天然心想：果然是騙人的。

莊天然說：「下次別再這樣了，我承擔不起。」

封蕭生像個孩子似地反駁，「那下次你也別再被夢到死期了。」

莊天然無語，「這是我可以控制的嗎？」

封蕭生笑了笑，「嗯，我的答案跟你一樣，無法控制。」

莊天然嘆了口氣，室友模糊的模樣彷彿與封蕭生重疊，總覺得如果是室友，也會說出和他一樣的話。他不再爭辯，說起正事：「對了，楊靈她們呢？」

封蕭生聳聳肩。

「她們沒跟你在一起嗎？我以爲剛才只有我被隔絕，想不到桃桃她們也不見了，桃桃不會有事吧？」莊天然皺眉道。

封蕭生卻不緊張，「李老師會保護她的。」

「那楊靈呢？萬一她也被分散……」

封蕭生的笑曖昧不明，「我想，也會有人保護她的。」

莊天然聽不明白，封蕭生卻沒有解釋，指著遺書說道：「擔心的話，就燒了吧。」

莊天然這才想起，對了，只要燒燬關鍵證物，所有人都能安全離開！

某一處角落。

楊靈慌張地在濃霧中行走著，無論怎麼走，都找不到出口。

剛才一陣大霧襲來，楊靈睜開眼時，老師、桃桃、莊天然和南同學都不見了，只剩下自己一個人。

她害怕地不停叫喊，哭紅的雙眼已經乾涸：「媽媽？媽媽？妳在哪裡！」

走著走著，楊靈撞到了人。

她抬頭一看，面前是拿著刀詭笑的小Y。

楊靈恐懼地退後：「啊！不要殺我、不要殺我……」

小Y徐徐開口：「嘻嘻嘻……我爲什麼要殺妳？」

楊靈內心茫然，不敢正面直視小Y，偷偷地瞥了一眼。

「因爲，我就是妳啊。」小Y撕下了半透明的臉皮，露出一張跟她長得一模一樣，卻又笑得讓人毛骨悚然的面容，「我不會殺我自己，我只會殺了每個和我相愛的人，讓他們變得怨恨我，讓我永遠孤單下去……」

楊靈驚恐萬狀，瘋了似地驚叫著：「不要……不要！我不要——！」

她奪過刀子，在小Y詭譎的凝視之中，將刀尖轉向自己……

另一邊。

莊天然點亮打火機，看著遺書的邊角燃起火光，紙張捲起，空氣中飄散著淡淡的焦味。

莊天然和封蕭生看著李美蘭的字跡漸漸消失，隨之而來，地面開始晃動，四周天搖地動，宣告著關卡的結束。

隱隱約約，他們聽見四周傳來女孩興奮的歡呼聲，以及一絲微弱的尖叫聲，像極了死前的吶喊。

莊天然不知楊靈是否還活著，也不知道關卡的結束是因爲遺書，還是因爲凶手的死亡。

這一案就這樣結束了。

此時在迷霧外的李子、F、萬迷迷和熙地。

李子感受到天搖地動，看著逐漸變淡的手，淡淡地道：「破關了。」

熙地和萬迷迷瞠大雙眼，看著自己同樣變淡的雙手，明白這是要離開遊戲的信號，喜不自禁地抱在一起歡呼。

她們聽了莊天然的話，莊天然說李哥會保護她們，讓她們在走廊上等待，本以爲等到的只是線索，沒想到關卡居然破關了！

熙地再也無法忍耐地放聲大哭，就連萬迷迷也忍不住掉淚。

她們終於能夠離開這個世界。

唯一掛心的事大概只有桃桃。剛才她們本來陪著桃桃玩，玩到一半，桃桃像是感應到什麼一樣，忽然衝進霧裡，她們本來要阻止，李哥卻叫她們不要動，封哥會處理。

李哥的眼神帶有鎮定人心的力量，讓她們不自覺服從，甚至忘了問封哥是誰。

她們總覺得李哥有哪裡不同，但她們也不在乎了。

熙地和萬迷迷握著彼此半透明的手，熙地說：「出去以後，我們一定要一起去喝下午茶！還要吃很多很多好吃的東西！」

萬迷迷笑著說：「嗯！」

熙地道：「話說回來，莊哥眞是厲害呢，還有南同學雖然感覺笨笨的，但其實好幾次都是他救了我們。」

萬迷迷說道：「是啊，希望有機會能再見吧。」

她們相視而笑，淚水在眼眶裡打轉，最後兩個人一起消失在遊戲裡，回到她們應該生活的地方。

F也看著自己變淡的手，回想起一小時以前——

莊天然私下找F，告訴他：「F，等下的迷霧，你在外面待命，裡面太危險，不需要所有人都進去。」

F聽見莊天然這麼說，忍不住說道：「然然，我怎麼能讓你爲我涉險？但很高興你終於想起我了……」

莊天然堅決地說：「不，我只是希望盡量降低傷亡，這個計畫有我跟南同學就夠了。另外，從一開始我就知道，你不是封蕭生，也不是室友，你不是我要找的那個人。我之所以沒說，只是因爲那時有一件事，我一直想不通。」

莊天然看著F，深黑的瞳孔像是洞穿他的靈魂，「爲什麼你會認識室友，也認識封蕭生，甚至還有照片？現在我想通了，你可能和我來自同一間育幼院。」

F沒說話，傷心地看著莊天然，保持沉默。

「我雖然忘了很多事，但我記得他在育幼院裡很受歡迎，很多人都崇拜他，時常偷看他，所以你會知道『室友會帶食物給我』，並且說出和室友相同的話，並不奇怪。」莊天然停頓片刻，「至於封蕭生，他對我也是沒來由地親近，我不知道我們三人是什麼關係，但很有可能——你們都是室友案件的關係嫌疑人。」

F難得皺眉，困惑道：「然然，你到底在說什麼？你不記得我了，又如何評斷我這個人呢？」

「我確實不記得室友了，但我知道，你演的封蕭生不像。從你的演技就能知道，你以爲自己了解他，其實你不懂。」

莊天然一一細數。

「他雖然中立，但會尊重沒有惡意的生命，哪怕是冰棍。」

「他不會搶第一個破關卡，因爲他不在乎。」

「最重要的是，他絕不會把案件形容爲『有趣』，因爲他眞正感興趣的事情，並不是案情。」

雖然莊天然有時也不太明白封蕭生對什麼感興趣，他時常在意義不明的時刻笑出聲，不知道在開心什麼。

忽然，他們身後傳來一聲輕笑，嗓音愉快地像是釀了蜜，「想不到我優點不少？但然然，我最大的優點，其實是『然然覺得我好』。」

莊天然：「……」又不知道他在開心什麼了。

封蕭生側倚著牆，對F說道：「我不在乎你扮演我，我只問你一件事——你敢碰然然的手，你洗手了嗎？」

莊天然：「……」你只想問這個嗎？

封蕭生靠在莊天然肩上，「然然，我們走吧，這件事不重要。」

莊天然點頭，他們還有正事要做。

離開前，莊天然回頭對F點了點頭，「F，謝謝你假裝掉了那兩個娃娃，那些線索救了我們，你在外面等，就當我還你人情了。」

莊天然和封蕭生留下一臉茫然的F，揚長而去。

等他們走遠後，F漸漸沉下臉色，從未展露過的怨毒神情像條蟒蛇般緊盯著封蕭生的背影。

「那兩個娃娃不是我掉的……是那傢伙偷的！該死、混蛋，不過說他一句髒東西就陰我！狡猾的王八蛋……」F不停咒罵著：「莊天然這個白痴，完全沒發現他一直在你背後對我吐舌扮鬼臉！該死的混蛋……都是你、都是你，為什麼你們過得這麼好……」

F回想起小時候。

那一天，他溜進育幼院的廚房，踮起腳尖打開雜物櫃，準備偷拿老鼠藥的時候，聽到門開了。

他趕快躲進雜物櫃裡，幸好他身形嬌小，能夠完全躲進去。

他悄悄將雜物櫃打開一道縫，看見進來的人巧妙地避開監視器，順走食物，絲毫看不出緊張和侷促，彷彿在自己的專屬廚房。

他等到那個人終於要離開、正鬆一口氣，那個人臨走前卻突然隨口一說：「最近老鼠突然變多了啊，不知道老鼠藥去哪了？」

他狠狠嚇了一跳，背脊瞬間發涼，掌心冒汗。

那個人離開後，他曾有一瞬遲疑，會不會被發現了？還要不要繼續做？但他想起院長和老師們惡劣的對待與惡毒的眼神，頓時生起濃濃恨意。

他一定要解脫，還要讓他們好看！

所以他仍是動手了，他拿出一整盒老鼠藥，全部倒進了紅豆湯裡。

他知道這個劑量有可能致死，但他不在乎，相反地，他想到就想笑。

但後來，他被抓到了。

「范忍！你這個惡魔！居然想毒死我們！」

院長毒打他，比以前更殘暴，打斷了他的手腳，甚至將他綁起來，不讓傷口癒合。好幾天他都忍受著痛苦的折磨，最後院長怕他被人看見，在他的嘴裡塞布，蒙住嘴，扔進後車箱，關在裡面。

正中午艷陽下，後車箱熱得像是烤箱，他呼吸困難，渾身汗水淋在傷口上，讓他痛得想號叫，卻被棉布塞著無法叫出聲。

不能哭、不能叫、也不能求救。

他就在後車箱裡聽著其他孩子在戶外快樂地玩耍，發出歡樂的笑聲，以及升旗台上校長表揚了莊天然和那個人，感謝他們勇於檢舉他。

范忍想著，進入遊戲以後，他忘了很多事情，但唯獨這些事，他刻在所有撕心裂肺的疤痕裡，永遠不會忘。

F布滿陰霾的臉漸漸消散在關卡中。

莊天然看著火光漸漸熄滅，紙張剩下一角焦黑的碎片，寫著：「謝謝你，我愛你」，莊天然默默拾起碎片，收進背包裡，和老陳的遺書放在一起。

他問封蕭生：「李美蘭那麼愛學生，最後竟然是死在自己最信任和最愛的孩子手上……你是怎麼發現楊靈說謊，而且試圖讓我們團滅？」

楊靈的演技已經逼真得不能說是演技了，或許很多時候她連自己都騙，她用恐懼合理化了她的罪行。

封蕭生看著莊天然，眨了眨眼，眼眸滿是光輝，露出「因爲是你，我才告訴你」的表情。

莊天然不解，爲什麼他的表情這麼多。

封蕭生說道：「持有ＳＳＲ道具的玩家，理應闖過不少關，怎麼還這麼慌呢？不過，剛開始只是些不值一提的小動作，後來她設法讓所有人進入濃霧，這就讓人不得不爲她拙劣的謊言擔憂了。」

「拙劣的謊言？」

封蕭生莞爾，開始一一提問：「首先，李美蘭爲什麼要把線索藏在草地？草地會灑水，即使用防水袋保護，她難道不擔心進水？其次，操場正中央，全校師生都看得見的位置，她什麼時候能夠藏線索？又何必藏在如此顯眼的地方？最後，遺書上不是寫了嗎，李美蘭有自己的保險箱，所以，爲何要將線索藏在校園？」

聽完封蕭生的話，莊天然細想才發現，楊靈的謊言確實漏洞百出，當時他們對楊靈沒有疑心，加上楊靈的表情和說法十分自然，因此忽略了這件事實際的可行性。

莊天然嘆了口氣，心想：他很難習慣，在這個世界，不只要提防隨處可見的危險，還要提防人。

化成灰燼的遺書被風吹散，莊天然仰望著飛散的煙灰，問道：「我保護了凶手，卻讓老陳死了，這樣眞的對嗎？」

他一直堅守自己的信念，認爲無論是誰都有活著被審判的權利，但現在他有些迷茫，如果救了凶手卻害了其他人，該如何是好？

「老陳的死不是你害的，是他的決定。你得分清楚責任，並不是所有人的死都是你的錯，這裡很多人，不都是不明不白地死去嗎？」封蕭生抬手，感受著穿過指縫的餘燼，「世上沒有理所應當的死亡，或許，你該想的不是讓每個人都不死，而是讓他們少一些遺憾。」

封蕭生側頭看向莊天然，眼神中的暖意彷彿霧裡的月光，「老陳不是將遺書交給你了嗎？至少，你讓他在死前少了一樁遺憾。」

莊天然眼瞳微顫，望進封蕭生的眼眸，再次感受到對方非同一般的睿智，他彷彿散發著光，令人嚮往。

「封哥……我也可以叫你封哥嗎？」莊天然問。

封蕭生輕笑，處之泰然地道：「你想怎麼叫都可以，不過我得提醒你，我是永遠的二十歲。」

「……」

「我可不是開玩笑，我在這裡很多年了，一直都是二十歲。」

莊天然懂了，因爲在這個世界裡，生理不會成長。

莊天然還有很多問題想問，但最重要的還是那件事——「聽說你一直在找我，你以前認識我嗎？我和你跟F，還有室友之間，到底有什麼關聯？」

「我們確實有關係。」封蕭生大方地認了，不過他又道：「畢竟遊戲刻意刪除我們的記憶，不就證明我們有關係？」

莊天然明白封蕭生的意思，意思是，他也不曉得他們四人之間的連繫，但可以肯定的是，他們之間一定有關聯。

莊天然問：「所以你一直待在這個世界，經歷過很多關卡，但屬於自己的十關始終沒有開始，直到我加入？」

封蕭生點了點頭。

莊天然心想：自己應該就是室友案件裡最後進場的人，這麼說就行得通了——封蕭生創建了組織、室友把佛珠寄給他、F闖過許多關卡，這三人都不是這個世界的新手，所以自己就是最後的人，在他進入這裡後，室友的案件終於開始推動。

莊天然彷彿看見了一絲希望。

「對了，你破過這麼多關卡，應該收集到很多關於自身案件的線索，你有想起什麼嗎？」莊天然思索著，「在我還沒進入這裡以前，你就已經知道我，爲什麼？」

「因爲我一進遊戲，就在身上找到這個。」封蕭生從胸前口袋裡掏出一張照片——背景是一所高中的校門，兩個穿著制服的少年搭肩笑著合影，制服的胸口上繡著：「莊天然」、「封蕭生」。

「這張照片讓我知道，『莊天然』肯定是個特別的人，他是我的答案。」

莊天然微微瞠目，無比震驚。

他們曾經待過同一所學校。

看起來交情甚好。

封蕭生性格和室友極爲相似。

一切的一切，就像是答案近在眼前。

但是，那一年的海邊，室友模糊的身影，那幅畫面他很久很久都無法忘記——室友的輪廓確實和封蕭生不同。

難道是這個世界篡改了他的記憶？但那段回憶如此刻骨銘心，真的都只是假象而已？

莊天然安靜很久，最後，他抬起頭，直白地問：「封哥，你覺得你是室友嗎？」

封蕭生說道：「如果我認爲是，你信嗎？」

莊天然眼底閃過一抹失望，「我相信你，但我從你的回答，知道你不是。」

「哦？」

「如果你是室友，你找到了我，即使心中還有所懷疑，也不會不和我相認。」莊天然注視著封蕭生，眼神有一絲遺憾，卻帶著堅定，「很多事情我忘了，但從很小的時候，每次我覺得害怕，室友都會對我說：『別怕，我們會一直在一起，即使世界末日，我也寸步不離。』

所以，如果室友在這個世界發現我，他不會瞞著我，我們會一起面對關卡。」

莊天然看向封蕭生手裡的照片，「至於這張照片……F手上也有我的照片。目前只從照片無法推斷我們的關係，也可能只是同學，也可能只是因緣際會之下的合影。所以很抱歉，我知道你對我沒有惡意，但我在還沒找出答案前，我不能斷定。」

封蕭生被莊天然拒絕，依舊平和，甚至瞇起眼笑道：「這才是我的然然。」

彷彿早已預料到他會這麼說。

莊天然雖然明白道理，但還是不免傷感，離真相似乎還有很長一段路。

封蕭生呵了一聲，揉了揉他的腦袋，「別著急，現在才第三關——哦，抱歉，我忘了你的佛珠，應該是一關都還沒開始。」

「……」

莊天然發現自己的身影逐漸變得透明，看來即將離開這件案子，他在最後的時間，問封蕭生：「還會再見嗎？」

封蕭生點頭，「我讓梨梨在綠洲等你。」

綠洲？是哪裡……莊天然還沒來得及問，便消失在關卡裡，離開前他聽見一道溫柔的嗓音：「別急，反正我心裡有你。」

等所有人離去後，關卡只剩下封蕭生一人。

封蕭生無視逐漸透明的雙手，輕輕撕開與莊天然的合照，底下竟還黏著另一張照片，是一張自拍照。

他記得那是他第一天拿到手機，第一次使用相機功能，在宿舍裡，他愉悅地對著隔壁床上熟睡的然然拍了張合影。

「然然，有時候假裝錯過你，是爲了保護你。」

《請解開故事謎底 02》完

後記

很高興又和你們見面了~~第一集出版後，看到有幾個小夥伴寫的讀後感裡提到：「看到作者的後記，很想跟他說一聲辛苦了。」謝謝你，我看到了QQ

也謝謝每一個曾經留言鼓勵我、關心我、告訴我你們有多喜歡這部作品的人，希望你們知道，有時只是簡單的一句話，當它在需要的時刻出現，能讓人記得一輩子。

也希望這本書裡能有一句話、或者一個畫面，能為你們帶來勇氣與喜悅，那就是我寫這本書最好的回報。

希望能收到很多小夥伴們對於作品的感想，不用特地花時間想，想說什麼就說什麼，即使只是簡單一句喜歡也很棒！

在書封折口的「作者介紹」有QR CODE，可以找到留言的地方唷（步驟：掃描QR CODE→選擇【感想、聊天募集】→留言）

或是在FB、IG留言也大歡迎~~看到新舊朋友都很開心^w^

最後想跟你們分享兩個有趣的近況！（把後記當成FB在用）

01

上個後記說過，飽是我們家的代理貓貓。

【解釋】代理貓貓：一個可愛如貓的朋友，爲無法養貓可憐人的心靈綠洲。

飽之前繪板壞了，我的先給他用。

我突然想到有人說貓咪會在鍵盤上踏踏幫忙發文——

我：「我要跟別人炫耀我家的貓（飽）會幫我畫圖，還畫得比我好看千萬倍」

飽：「而且用的眞的是你的繪板」

02

某天，看到【因爲貓咪踏壞電腦，所以我無法交報告】的梗圖。

我：「我沒養貓，我不能說，哭啊」

飽：「你可以說是我在你的筆電上面踏兩下」

我：「那還眞的會壞掉」

大概是這樣，不知道之後還會有什麼有趣的近況呢，到時再跟你們分享！

雷

國家圖書館出版品預行編目資料

請解開故事謎底 / 雷雷夥伴 著.
——初版. ——台北市：魔豆文化出版：蓋亞文化發行，2022.06
冊； 公分.（Fresh；FS196）
ISBN 978-626-95887-2-5（第2冊：平裝）
863.57 111002802

fresh FS196

請解開故事謎底 02

MURDEREROFUS

作　　者　雷雷夥伴
插　　畫　PP
裝幀設計　高橋麵包
總 編 輯　黃致雲
發 行 人　陳常智
出 版 社　魔豆文化有限公司
發　　行　蓋亞文化有限公司
地址：台北市103承德路二段75巷35號1樓
電話：02-2558-5438　傳真：02-2558-5439
電子信箱：gaea@gaeabooks.com.tw
投稿信箱：editor@gaeabooks.com.tw
郵撥帳號 19769541　戶名：蓋亞文化有限公司
法律顧問　宇達經貿法律事務所
總 經 銷　聯合發行股份有限公司
地址：新北市新店區寶橋路二三五巷六弄六號二樓
電話：02-2917-8022　傳真：02-2915-6275
港澳地區　一代匯集
地址：九龍旺角塘尾道64號龍駒企業大廈10樓B&D室
電話：+852-2783-8102　傳真：+852-2396-0050
初版十一刷　2024年8月
定　　價　新台幣 270 元
Published and printed in Taiwan

ISBN 978-626-95887-2-5

魔豆

魔豆